MW01171637

LOS DEMONIOS DE LA LLORONA

Muhamad Pujol

BARKERBOOKS

≝ BARKERBOOKS

LOS DEMONIOS DE LA LLORONA
Derechos Reservados. © 2023, **MARIO MUHAMAD RODRÍGUEZ PUJOL**

Edición: Alexis González | BARKER BOOKS®
Diseño de Portada: José Luis Chávez Vélez | BARKER BOOKS®
Diseño de Interiores: Vanessa Martínez | BARKER BOOKS®

Primera edición. Publicado por BARKER BOOKS®

I.S.B.N. Paperback | 979-8-89204-223-9
I.S.B.N. Hardcover | 979-8-89204-224-6
I.S.B.N. eBook | 979-8-89204-222-2

Derechos de Autor - Número de control Library of Congress: 1-13097622163

Todos los derechos reservados. No se permite la reproducción total o parcial de este libro, ni su incorporación a un sistema informático, ni su transmisión en cualquier forma o por cualquier medio, ya sea electrónico, mecánico, fotocopia, grabación u otros, sin autorización expresa y por escrito del autor. En caso de requerir o solicitar permiso del autor, envía un email a la casa editorial o escribe a la dirección abajo con el motivo "Atención: Coordinación de Solicitud de Permiso". La información, la opinión, el análisis y el contenido de esta publicación es responsabilidad de los autores que la signan y no necesariamente representan el punto de vista de BARKER BOOKS®, sus socios, asociados y equipo en general.

BARKER BOOKS® es una marca registrada propiedad de Barker Publishing, LLC.

Barker Publishing, LLC
500 Broadway 218, Santa Monica, CA 90401
https://barkerbooks.com
publishing@barkerbooks.com

A mis padres, Rebeca y Mario,
que con sus enseñanzas
me tatuaron el amor a mi tierra.

A Gaba, que con su calor me mostró
el amor verdadero, ese que raspa el alma
cuando está lejos y que sana cualquier
herida del corazón con un beso.

A Valeria y André, a quienes espero
nunca heredarles mis demonios.

A mi México lindo y querido,
que ha hecho volar mi imaginación
con tantas leyendas asombrosas.

ADVERTENCIA

De esta historia que contaré, lo sé todo, juro que lo vi todo. No voy a mentir: se pone el cuero de gallina cuando escuchas su lamento. Ha aterrorizado por siglos esta tierra y sabe a la perfección nuestros pecados. Despertó para acongojar a una nueva víctima infiel que no se librará de su odio. A esos, los desleales, los transforma en sus esbirros para traer pena.

Si sigues leyendo hasta el final, es importante que sepas que en el proceso te sucederán cosas muy extrañas, con circunstancias que no tendrán ningún sentido y que te harán experimentar escalofríos. No te agradarán tus días, la comida te sabrá horrible y tus sueños serán visitados por nefastas pesadillas. Esto no es un juego. Si no estás listo, lo mejor será que arrojes este libro lejos de tu vida. Porque ella no se anda con medias tintas, no perdona, te vuelve loco para que actúes de forma desalmada, y cuando reaccionas, ya es demasiado tarde, la desgracia se ha apoderado de ti.

¡Espera! Hay una forma de saber si este espectro está interesado en tu espíritu. Es un ejercicio muy simple. Cuando estés en casa, llena un vaso con agua, enciende una veladora y apaga todas las luces. Luego ve al rincón donde te sientas más seguro, en absoluto silencio, y cierra los ojos. Moja la punta de tu dedo índice, derrama una gota entre tus cejas y cuenta hasta diez. Si pasando ese tiempo no ves, cara a cara, al monstruo, quiere decir que tu esencia aún es virtuosa y estarás a salvo. Pero si la ves, bueno, si aparece, despídete de todo, no pasará mucho tiempo antes de que sus frías manos tomen tus hombros y sus afiladas uñas se entierren en tu carne para llevarte a lo más profundo de la oscuridad.

¿Listo? Veamos qué tan pura está tu conciencia. Uno, dos, tres, cuatro, cinco, seis, siete, ocho, nueve, diez.

Si todavía estás aquí, bajo tu propio riesgo da vuelta a la página.

I

MALAS
NUEVAS

Sé bien que conoces hasta el hartazgo la leyenda de la mujer que sale del agua llorando lágrimas de sangre. Que sus malévolas historias solo cambian algunos detalles según donde se cuenten. De lo que no debes dudar es de lo que se dice; todo es cierto. Lo que relataré tampoco es mentira, muy por el contrario, es el cuento más horroroso de todos los que has oído sobre este personaje.

Cerca del centro de Xochimilco se localiza el embarcadero de Caltongo. Ahí fue donde Luisa esperaba a su amor. Era tan bella que la describiré de la cabeza a los pies para que no se crea que exagero. Su testa estaba coronada por cabellos ondulados; su rostro era angelical; sus ojos, tan negros como la noche, brillaban cual galaxia estrellada; su nariz era un poco ancha en la punta y pequeña en su largor, lo que hacía que algunos de sus conocidos le llamaran "chatita"; sus labios carnosos escondían con esplendor una dentadura blanca, y cuando sonreía se asomaba un mar lleno de perlas; su mentón tenía una barba con un pequeño hoyuelo que invitaba a morderla, y su delgado cuello podría ser la envidia de cualquier cisne; sus senos, un delicioso par de duraznos, esperando ser devorados por la pasión; su estómago y vientre, tan planos como una tabla; sus caderas se mostraban firmes y voluptuosas; sus piernas, fuertes como las de una amazona, y sus pequeños pies cerraban la cuasi perfección de esta joven que apenas se asomaba a los veintitantos años.

Citó a Vicente a las ocho de la noche. A esas horas la gente dejaba de trabajar y ya no habría turistas o entrometidos que indagaran sobre asuntos que solo les competían a ellos. El amorío cojeaba desde hace semanas. Abrazándose a sí misma, luchaba por deshacerse del frío que la sorprendía con sutiles ventiscas. Llevaba un rato frente a las coloridas trajineras que formaban un desordenado espectáculo digno de recordar en una postal fotográfica. Las campanas de la iglesia de San Bernardino de Siena estaban a punto de sonar nueve veces y su galán no daba señales de vida. Nada importaba, aguantaba su retraso con paciencia. Leía los nombres que bautizaban las trajineras: Gabriela, Valeria, Rebeca... Suspiraba con inocencia, imaginaba que, algún día, su hombre pagaría para que su nombre apareciera en una de ellas, adornado con las rosas más primorosas de la región. Se fantaseaba con su adonis paseando por los más románticos canales. Un olor podrido se coló por sus fosas nasales, entre muecas de asco y la más humillante soledad, el tufo la regresó a la realidad. Sus ojos hurgaban, ansiosos, de un lado a otro, la figura de su príncipe, ese que anulaba su voluntad con una simple sonrisa y la hacía sentir viva al besarla.

Las campanas del templo replicaron en nueve ocasiones. Su única acompañante era la luna. El conejo que la habita la miraba con tristeza. Se sintió tan abandonada que dejó caer la cabeza.

—¿Cómo puedo ser tan estúpida?

Le faltó el aire. La soledad duele; la humillación mata. En su desconsuelo, oía con claridad al astro gritándole: "¡Reacciona! Él no te quiere. Solo te tienes a ti, Luisa". Cuando en su mente escuchó su nombre, también oyó la voz de su amado.

—¡Luisa!

Miró hacia la derecha y vio un gato negro que maullaba adolorido. Una de sus patas traseras tenía un dedo roto. Creyó que la dolorosa presencia del felino no podía traer más que malas nuevas; a pesar de eso, sintió tanta pena que quiso ayudarlo. Justo cuando iba a hacerlo, retumbó la voz que le hacía perder la cordura.

—¡Luisa!

Sus ojazos navegaron con gracia hacia el llamado y su corazón se estremeció al verlo. Pensó en reclamarle su tardanza, pero qué importaba ya, al fin llegó. Cada paso que daba hacia ella, su estómago celebraba con el revoloteo de mil mariposas. A kilómetros, el hombre se veía mayor, rozaba los treinta años, era un individuo bien parecido. De cabello castaño y no tan ondulado; su piel era lechosa; también era alto. Entre las sombras del embarcadero no se podría asegurar si sus ojos eran verdes o cafés en tonos cristalinos, como cuando a una aceituna la cubre una gota de aceite de oliva. Su cara parecía estar trabajada por un artista; presumía una barba cerrada, no tan larga y de tonos pardos, que cubría buena parte de sus mejillas y por completo su mentón; sus labios eran pequeños y definidos; su sonrisa alteraba su blancura por un colmillo de oro, el cual era parte fundamental de su orgullosa personalidad; su tronco se veía fuerte, esbelto y cubierto por una alfombra de vello ralo. Era difícil no caer en la tentación de sus encantos.

La chica corrió a sus brazos. El garañón seguía caminando calmo. Igual que cuando un pequeño meteorito cae sobre un planeta, uno esperando el impacto sin alterarse, mientras el otro va con toda su fuerza a estrellarse para quedar destruido, por fin, sus cuerpos chocaron.

—¡Hola, amor!

La vio con el rabillo del ojo y separó con desprecio sus brazos de su cuerpo. El gato se acercó cojeando a Luisa, parecían tener un extraño lazo que los unía. Sus desgarradores maullidos latigueaban el oído. Con el ruido, ambos lo notaron. La jovencita quería ayudarlo; sin embargo, algo en su alma sabía que, si dejaba a su tenorio, no lo volvería a ver.

—Te estuve esperando casi una hora. ¿Estás bien?

Él le dio la espalda. El gato interrumpía con sus quejidos la fría reunión. Vicente veía al micho con desprecio, sus quejas lo volvían loco.

—Amor —lo abrazó por detrás—, ¿qué te pasa?

—¡Suéltame! Ya te dije que no me llames "amor".

Luisa no supo qué hacer o decir. Miró al gato que, del mismo modo que su corazón, soltó un grito de dolor. Lo intentó auxiliar, mientras el patán se hizo el ofendido.

—Claro, déjame aquí y ve con ese animalejo.

—No digas eso. Tú siempre serás lo primero.

—Así debe ser. Ahora dime, ¿qué quieres?

Sometida a su carisma, buscó acariciarlo. Él se exasperó con sus mimos y la empujó.

—Solo una cosa te pedí, ¿ya la hiciste?

—No —respondió afligida.

—¡Con un carajo! ¿Qué no dices que harías cualquier cosa por mí?

Un silencio invadió el lugar. Luego, el más ruidoso de los maullidos hizo que el orgulloso pegara un brinco que casi cae al agua. Lo ayudó a incorporarse, pero eso no calmó su ira.

—¡Ya sabes lo que quiero, si no olvídate de mí!

—Lo que me pides es... No, no puedo.

—Tú decides. O lo haces o no me vuelves a ver.

El minino estaba casi muerto. El bribón lo agarró de la barriga y tomó vuelo para hacerlo surcar en el aire por encima de las trajineras. Su enamorada lo detuvo. Volvieron las quejas.

—¿Qué? No me digas que te preocupa la vida de esta cosa...

—Déjalo, pobrecito, de cualquier manera se va a morir.

—Por eso, hasta le estoy ayudando.

—¡No seas malo, suéltalo!

Los ojos del felino se desorbitaban y se quedaba sin fuerzas para respirar. El desgraciado puso su rostro a la par del suyo.

—¿Sufres mucho?

Maulló con ternura, como contestando la duda. Vicente se carcajeó con cinismo. Acercó más la cara del gato a la suya. Sus miradas se encontraron, el color de sus ojos era el mismo. De pronto, en el iris del micho, vio el rostro de Luisa llorando como una Magdalena con un bulto en los brazos de rodillas. Se asustó tanto que lo aventó.

—¡Este animal tiene más conexión contigo!

Luisa lo levantó y buscó arrullarlo para darle consuelo.

—¡Pobrecito, está sufriendo mucho!

—Aviéntalo al agua y acaba con su dolor.

—¡No! ¿Cómo crees?

—¡O ahogas a ese pinche gato o no vuelves a saber de mí!

Luisa no se movió ni un centímetro de donde estaba y le soportó la mirada de loco que le echaba. Al ver que no cumplía sus órdenes, Vicente dio media vuelta alejándose de ella.

—¡No te vayas, por favor!

Él detuvo su andar, clavó sus ojos demenciales en el moribundo y giró la vista al agua exigiendo que se cumpliera su deseo. Agobiada, miraba a la luna en busca de clemencia. Rezó en silencio, intentando que esa plegaria regresara del cielo y se clavara en el helado corazón de su amado. No hubo respuesta celestial, lo que se escuchó fue una mofa en la respiración del canalla. Tomó una sucia manta del piso y envolvió al gato. En contra de su voluntad, empezó con el martirio. Se hincó frente a las trajineras. Unos instantes después, se perdió en los ojos del sentenciado que pedía en silencio su clemencia. Abrazó al animalito que ya presentía que sería traicionado. Lo apapachó con fuerza y besó su cabeza.

—Discúlpame.

Cuando lo depositó en las tranquilas aguas, el gatito luchaba por su vida, movía sus extremidades tratando de mantenerse a flote e intentaba sacar la cabeza para tomar un poco de aire. Como no se hundía del todo, la trigueñita lo pescó del gañote y lo asfixió con sus propias manos hasta que dejó de vivir, después lo lanzó con fuerza, desapareciendo en la oscura profundidad del agua. Luego de su fechoría, estaba segura de que una parte de su alma se había desprendido de su cuerpo.

—¿Por qué lloras? Ni que fuera para tanto.

Arrepentida, regresó la vista buscando al animal. Ni sus luces del pequeño. Con la ojeada, otro pedazo de su esencia renunció a su existencia; incluso la vio con dirección a la luna, donde el conejo se puso serio y el espejo en el cielo cubrió su cuerpo con nubes negras, negándole su belleza ante su crimen. Nunca en toda su vida se sintió tan miserable como esa noche.

De la torre del templo de San Bernardino de Siena se escapó el escandaloso tintineo de las campanas. No anunciaban la llamada a misa; era un aviso de alerta, un retoque angustiante para correr a un lugar seguro. Un relámpago sacudió la noche y ocasionó un apagón en todo el barrio. Estaba tan oscuro que el pavor en su cuerpo no les permitía poner pies en polvorosa y, para su mala suerte, muy cerca del embarcadero, en la avenida Nuevo León, resonaba un terrible eco con gemidos aterradores.

Viajando lento sobre las aguas, una densa neblina se aproximaba al pequeño muelle. Otro aire helado y fétido los abrazó. Olvidándose del ahogado y en la penumbra, se refugió en los brazos de su galán que, ante el sonido agobiante que entonaba la torre de la iglesia, no pudo rechazarla. La niebla no detenía su desesperante andar y con los horribles quejidos en la calle, los tórtolos quedaron más petrificados que una bíblica estatua de sal. Entre la bruma se distinguían una canoa y su remero. Era una figura esquelética que portaba una camiseta mugrosa y unos pantalones rotos. Luisa, con la mirada aguada de espanto, suplicaba a Vicente que hiciera algo, que los sacara de ahí. No había pestañeado siquiera cuando el balsero cantó con voz aguda y pausada:

—¡Vayan a sus casas!

Para hacer la escena todavía más aterradora, la niebla abría sus fauces; de un momento a otro se comería al lanchero, que no dejaba de entonar su tétrica cantaleta.

—¡Quien no lo haga, esta noche pagará sus pecados!

La poca luz que reflejaba la luna alumbró la deteriorada jeta del capitán del mísero navío. Vicente, con solo mirar su estampa, se asqueó y pudo apreciar que sus ojos estaban más hundidos de lo normal; su piel pegada a sus huesos y roída por algún tipo de peste. El fantasmagórico anunciador los miró fijamente y el vistazo los dejó helados; empero, ambos se percataron que de su cuello colgaba un collar que sostenía un crucifijo, en él estaba el cuerpo de una mujer crucificada que en lugar de rostro tenía una intimidante cabeza de serpiente. Antes de que la niebla cerrara su mordida, espantosos susurros se escucharon cerca de su canoa. Al oír las voces, el balsero se carcajeó y saturó el viento con sus chillidos.

—¡Están advertidos!

El celaje besó el embarcadero, enterrando las filas de las trajineras. Las campanas de la iglesia detuvieron su canción, solamente se escuchaban, como baladas macabras, el croar de los sapos y el disonante silbar de pájaros que parecían ahogarse. En un instante, todo fue silencio. La pareja seguía abrazada, muerta de miedo. Nunca, cuando la razón siente la incertidumbre de algo monstruoso, la oscuridad y el mutismo han sido buenos compañeros.

La sirena de una patrulla de policía se desgañitaba; la unidad se estacionó frente al embarcadero. Vicente reaccionó ante su escándalo y fue en busca de ayuda. Vio bajar del auto las sombras de dos policías y una vieja; esto lo supuso, pues caminaba lento. Imaginó que ellos podían sacarlo de ahí. A cada paso que daba, la niebla era más densa e intentaba borrarla lanzando manotazos al aire. Se detuvo y volteó hacia su enamorada; algo extraño sucedía, su silueta desaparecía y brotaba en la escena, como un holograma que está siendo probado. Se escuchó la estática de un radio policiaco con mucha distorsión.

—¿Encontraron el cuerpo? Repito, ¿Encontr...?

Se interrumpió la transmisión, como si a un viejo radio le hubieran cortado algún cable para que la señal fallara. Aterrado, miró a su chica; en esa ocasión no faltó su imagen ni un momento. Le pidió que se acercara. No hizo caso. Estaba fría, como muerta. Vicente escuchó a la anciana hablando con los gendarmes:

—¡Es ella, lo ha vuelto a hacer! Pero esto pasa por no escuchar las advertencias.

La señora y los agentes desaparecieron entre las tinieblas. No lo pensó mucho y corrió para encontrarse con la muchacha, a la que por fin le dio un abrazo que salió del fondo de su alma. La apestosa nube los envolvió en medio de la tenebrosidad. Cerraron los ojos y se apretujaron con fuerza. Al hacerlo, se escuchó un atroz grito de dolor.

—¡Aaaaaaaaay!

II

EL
AQUELARRE

Vicente y Luisa, encadenados con un abrazo y con los ojos bien cerrados, temblaban asustados. El lacerante grito los dejaba sordos y enchinaba su piel. No solo lastimaba el ambiente, sino sus corazones, que se salpicaron con una infinita tristeza sin saber el porqué. El horrible clamor se fue apagando, se largó como un rumor en el viento que no les era agradable; parecía que alguien sufría con su cantar. La luna continuaba agazapada entre negros nubarrones y soltó una tímida sonrisa de luz que pegó en sus rostros avisándoles que era momento de averiguar qué sucedía. Sin el sonido del eco, el embarcadero desapareció; el suelo de concreto se había convertido en tierra fangosa, sobresalían árboles espeluznantes que parecían un pequeño bosque embrujado, hierba seca y rocas de diversos tamaños cerraban el escalofriante escenario. Desataron sus cuerpos y se vieron parados en el centro de una chinampa frente a una laguna misteriosa. Una ventisca sopló furiosa y despachó a lo más grueso de la bruma, que tomó camino rumbo al cielo. Una pequeña parte de la niebla se mantuvo con ellos y era una tersa telaraña que no les permitía observar a su alrededor con claridad.

El garañón talló sus ojos para enfocar mejor, se dio cuenta de que la pequeña isla estaba en una especie de encrucijada, rodeada por cuatro canales. Solo nadando podían salir de ahí, pero no había ni una sola chinampa cerca. Otro grito aterrador los sorprendió. La chamaca, alarmada, se tiró tras él y abrazó sus pies buscando protección. Con el apretón, brincó asustado, bajó la mirada, la vio y tiró una patada al aire, como si quisiera espantar a un perro sarnoso. Vicente no daba crédito a lo que sucedía, buscaba alguna explicación que le devolviera la cordura. De pronto, se sintió en uno de los mágicos cuentos prehispánicos que le contaba su abuelo. El orgulloso anciano, al que amó sobre todas las cosas, fue quien lo crio.

El viejo, en su infancia, era el más pequeño de cinco hermanos que se burlaban de él y le apodaban "El hijo del lechero", esto debido a que su verdadera madre lo regaló a esa familia al nacer fuera del matrimonio. Siempre la maldijo por su abandono. Muy joven, tomó sus cosas y dejó su hogar adoptivo en el que nunca se sintió cómodo. Tiempo después entró a trabajar en un antro de mala muerte y ahí se enamoró de una fichera alcohólica. Tuvieron unos meses de romance hasta que la exótica se embarazó. Trataron de llevar su idilio algunos años entre sueños y buenas intenciones. El dinero no les era suficiente y ella no soltaba la bebida. Él se esforzaba de manera sobrehumana para que todo funcionara; tenía dos trabajos para mantenerla alejada de ese mundo de perdición, pero todo fue en vano, a ella le encantaba la putería y terminó dejándolo con una criatura de cuatro años que sufría día y noche por nunca ver a su mami. Él regañaba a la niña y le cortaba el llanto con un par de nalgadas, mientras le gritaba que entendiera que su mamá jamás volvería. Más como un castigo que por amor, tuvo que hacerse cargo de su hija, a la que despreciaba con toda el alma. Cada respiración de la chiquilla le recordaba que su mujer se largó, como antes lo hizo su madre. Vivían muy limitados. Cuando no había dinero suficiente, compraba una pierna y una rabadilla de gallina; en su plato flotaba lo más suculento y la chamaca se engullía las sobras. La vida siguió su camino y en cuanto la escuincla pudo hacerse cargo de las actividades domésticas, la convirtió en su sirvienta.

La ahora joven contaba con veinte abriles y una belleza particular que llamó la atención de un político barato, quien le prometió que la sacaría de ese infierno. Creyó ciegamente en su promesa y lo único que consiguió de esa relación fue un embarazo y la desatención inmediata por parte del vividor que, al saberla en ese estado, nunca regresó a su lado. Durante su preñez, su papá nulificó sus maltratos físicos, pero como en todos los casos de abuso, los golpes que más la azotaban eran las palabras; lo más calmo que salía de la boca de su padre eran frases como: "¿Quieres saber cómo era tu madre? Igual de puta que tú". No había nada que lo apaciguara hasta que tuvo a su nieto en sus brazos. Aseguraba que el nene era su mismo retrato y, por lo tanto, se llamaría igual que él: Vicente. Al salir de la clínica, el abuelo hizo lo que nunca había hecho, instaló, en su propia cama a su hija y al niño; pensaba que ahí estarían más cómodos que en el catre donde durmió su hija toda su vida, incluidos los nueve meses que duró el embarazo. Segundos después, les prometió, al pequeño, un carrito de madera, y a ella, un exquisito caldo de gallina con zanahoria, papas y un trozo de pechuga. Primero fue por el juguete, luego por las viandas. A su regreso, escuchó al bebé llorar con desesperación; corrió para auxiliar a la inexperta madre, que debía estar rendida después del parto. Cuando abrió la puerta de la recámara encontró al chiquillo sollozando y una nota en la almohada:

NO PUEDO CON ESTO, DALE EL AMOR QUE NO ME DISTE A MÍ.

El anciano estalló de coraje, juró que el chamaco no correría su misma suerte. Nadie, nunca más, lo abandonaría. Desde aquel momento, imaginaba su venganza, y al pasar de los años, sembró en el alma del niño un eterno desprecio a la mujer. Únicamente habría de usarlas y desecharlas. El viejo era un amante de las leyendas prehispánicas y, durante los primeros años de su nieto, le contó tantas como pudo, pero siempre lo hizo cambiando sus verdaderas palabras. Los cuentos parecían un adoctrinamiento de odio contra el sexo femenino y eran narrados con soltura para este siniestro fin. Deformaba los relatos haciendo que la avaricia, la codicia, el egoísmo y la ambición fueran las principales características de las milenarias historias. Así creció Vicente, pensando solamente en el bien propio. Esa forma de actuar lo llevó a destrozarle la vida a muchas mujeres. Luisa era su última enamorada que le soportaba todo; incluso cuando más la maltrataba, regresaba obediente a sus brazos y, en esa terrible congoja que vivían en la misteriosa chinampa, no era la excepción.

La jovencita, como pudo, se puso de pie. Temblaba al observar que, a la orilla de la chinampa, un espectro salía del agua. Su ropaje blanco estaba arrugado y sucio, por alguna extraña razón no escurría. El increíble atuendo, que parecía un viejo y maltratado vestido de novia, le cubría todo el cuerpo, no se le veían los pies; sus manos, de un color azuloso, eran huesudas, sus dedos portaban uñas negras, largas y afiladas; el cabello tenía una coloración más oscura que un abismo, en él había pedazos de lirio podrido y le caminaban insectos que se perdían entre la sebosa maraña; el rostro de aquella horrorosa aparición denotaba una profunda tristeza e ira contenida que se trasparentaba como lo hacían sus amoratadas venas; su piel era casi límpida, y el olor que despedía era pútrido. La jovencita ahogó un grito en su garganta tratando de no llamar su atención; sin embargo, no dejaba de tiritar. El monstruo, al notar su miedo, le devolvió el interés meneando la cabeza. Ese no fue un movimiento cualquiera; quería decirle algo. La muchacha buscó arroparse en los brazos de Vicente. Este la protegió por un momento y vio con cautela a la que se les acercaba. Con horror, se percató que donde debían estar sus ojos, nada más había dos boquetes que escurrían lágrimas de sangre, algunas coaguladas, dejando una costra que mosqueaba sin cesar. Envalentonado, iba a lanzar una pregunta cuando la visión le sonrió con maldad, presumiendo su dentadura renegrida. Al pintarse esa mueca, su cuerpo sin vida lanzó un terrible quejido. El aullido sacudió las ramas de los árboles. Se desplazaba con pasos cortos, como con los huesos dislocados y alargando uno de sus brazos. Por fin, habló:

—¡Maldita!

Señalaba a Luisa y gimoteaba a cada paso. A la muchachita se le encogió el espíritu y rompió en llanto. Creía que su vida iba a terminar en cualquier momento, así que empezó a rezar.

La oración que repetía con frenesí se la enseñó su madre, que respondía al curioso nombre de Caritina. La señora llegó a la Ciudad de México escapando de la violencia que reinaba en su hogar. Cuando huyó, contaba con doce años. Sin dinero y mucha hambre, fue a parar a las cercanías de Xochimilco, donde un hombre de nombre Marciano la acogió, dándole un poco de alimento y un petate donde pudiera pasar las noches. Con el paso del tiempo, Marciano y Caritina se casaron; ella tenía dieciséis primaveras; él, treinta. La bondad se acabó cuando llegaron las nupcias. Le exigía que lo mantuviera, tal como él lo hizo tiempo atrás. Caritina no sabía hacer mucho y se dedicaba a lavar y planchar ajeno, mientras el otro se drogaba para olvidarse de la desventura de ser pobre. Está de más decir que su vida era un espejo todavía más roto que el de su niñez. Violentada a diario y obligada a tener relaciones con un ser que despreciaba, en una de esas malaventuras, se embarazó de Luisa. Después de quince horas de labor, dio a luz una preciosa gema que el destino marcaría como deseado tesoro de déspotas e imbéciles. La desdichada mujer sufrió aún más las vejaciones de aquel inhumano y, cada que se avecinaba algún tormento, rezaba con mucha fe para que las odiosas circunstancias desaparecieran en un santiamén. Ese rezo lo aprendió Luisa en los primeros años de su vida a base de asquerosas experiencias y lo practicaba todas las noches antes de dormir, arrodillada junto a su camita a los pies de un viejo crucifijo que colgaba de la pared. A la cruz le hacía falta pintura, y a la cara del Cristo, la punta de la nariz, pues caía desde lo alto del muro hasta el suelo cuando su padre llegaba a casa, perdido en los excesos, y abusaba sexualmente, primero de su madre —a la cual también le tocaba una tunda hasta desmayarla— para después aprovecharse de la escuincla de siete añitos. El malnacido le aseguraba que lo que le hacía era porque la amaba. La niña lloraba cada que aquella bestia tocaba sus partes más privadas con sus mugrosas manos y su pestilente lengua se paseaba por su boquita. Entre dientes, repetía la oración, esperando que el agresivo vaivén del cuerpo de su papá, que tiraba el crucifijo al piso, terminara. Acabando el abuso, comía un pedacito de piloncillo —que tenía en una mesita junto a la cabecera de su cama— para quitarse no únicamente lo amargo de los fluidos que salían de la boca de su agresor, sino el recuerdo de la vomitiva vivencia.

La escena que vivía esa noche era tan pavorosa que tenía más miedo que cuando era niña. Decía con rapidez el ruego para desaparecer de su vista a la mujer de ojeras sangrantes. La plegaria no tenía ningún efecto. Vicente, en un acto desesperado, sacó la navaja que siempre cargaba y con la cual se hacía el valentón frente a sus amigos, sobre todo cuando había mujeres cerca que caían rendidas con su bravuconería. Engallado, le mostró su punta. Solo hizo el ridículo. El arma cayó de sus manos con un leve movimiento de dedos de la señora maldita. Los pasos de la endemoniada tenían, de pronto, una extraña agilidad que parecía que los alcanzaría en cualquier instante. A unos centímetros de tenerlos entre sus garras, abrió la boca y salieron volando un ejército de moscas que planearon sobre Luisa y se paraban gustosas en su cuerpo, al igual que lo hacen en la mierda. La chica, asqueada, soportaba su tormento. La que lloraba lágrimas de sangre, rio de manera horrenda. El macho no aguantó más.

—¡Déjame en paz! ¡Lárgate de aquí!

Los retó con la mirada y gritó con voz diabólica:

—¡Su pecado debe conocerse!

El alarido despertó a la isla. Los árboles danzaban con el aire y entre la poca niebla que quedaba, el patán y su enamorada observaban una luz que se prendía y se apagaba detrás de uno de los maderos, imitando a una lejana fogata que extingue su calor. Ese fulgor, de la nada, iluminó el lugar. Un cuerpo dorado salió a espaldas de uno de los troncos. Caminaba dejando una leve estela tras de sí. Se notaba atarantado, recién despierto de un profundo sueño. Sus pasos tomaban gracia y bailoteaba. Luisa pensó que su rezo fue escuchado y Dios había mandado un ángel protector. El personaje se acercó bastante a la pareja para que descubrieran la verdad: sus ojos no tenían lágrimas de sangre, pero no tenían iris ni pupilas, carecían de vida; sus labios estaban cocidos con crueldad, como para que los secretos que conocía murieran en su cuerpo —tal vez por eso se comunicaba con un candelabro que cargaba con tres velas de cebo, la más grande era la del centro, y con ellas hacía figuras en el aire; el espectáculo que daba empezaba a ser lo único bello que habían visto esa noche—; su vestimenta dorada era digna de un soberano; en los pies calzaba unas botas que le llegaban a las rodillas, y a cada paso dejaba un fino polvo áureo; su cuerpo, del cuello a sus muslos, estaba pintado también con el color oro que se entremezclaba con su piel; su parte abdominal era revestida por una falda que tenía monedas soldadas unas con otras con gran maestría; llevaba colguijes en brazos, muñecas, tobillos y cuello, todos con motivos brillantes; para rematar, en su cabeza traía un penacho de tres puntas con plumas doradas. Esa extraña forma bailarina tomó una de las velas y la colocó en un pedazo de hierba seca. Se avivó un incendio y se escuchó la voz de la mujer sin ojos:

—¡Despierta!

El fuego alcanzó buena altura y, detrás de esa humareda, surgió otro ser vestido de militar con botas negras; sus suelas estaban atascadas de sangre que escurría con los primeros pasos que dio; su pantalón verde olivo, al igual que su casaca llena de medallas, lo hacía parecer un valiente guerrero. El nuevo adefesio quedó perfilado hacia los tórtolos, que solo pudieron ver la mitad de su cara; sus ojos eran tapados con unas pequeñas gafas redondas; portaba un bigote delgado; en sus manos llevaba una botella de aguardiente, la cual bebió de golpe y la reventó con violencia en el piso; su cabeza la cubría un gorro marcial con la bandera mexicana al frente. No era tan aterrador hasta que volteó su rostro por completo; se sorprendieron al notar que la otra mitad de su jeta era una pieza de carne en descomposición con algunos gusanos blancos paseando por los podridos músculos faciales, era igual a un trozo de pulpa de cerdo con cisticercos. Por el espantó que causó, rio complacido y acomodó su estampa tras el esperpento de ropas doradas que tomó otra candela y achicharró la punta de un maguey. Sopló su ardor, y la planta que sudaba fogosa hiel comenzó a moverse. Otra vez sonó una orden en el viento.

—¡Los necesito a los tres!

Dos de sus pencas, que rozaban el suelo, se transformaron en brazos, con ellos se empujó hacia arriba, saliendo de las fauces de la tierra. Era un horroroso cuerpo humano con cabeza de agave. Toda su fisonomía estaba cubierta por fibras blancas de henequén y de su cuello percudido colgaba un conejo muerto. Se rejuntó a los otros dos desfigurados y, a simple vista, se asemejaban a una tercia de almas castigadas en alguno de los círculos del *Infierno* de Dante. Los tres bajaron la cabeza al ver a su ama.

Una tormenta eléctrica quebró el cielo con un rayo que cayó sobre la chinampa, dejando un boquete grande. Del socavón salía una flama que no se apagaba a pesar de que llovía con violencia. Los extraños personajes rodearon la llama, marcando con sus pies líneas en el suelo. Sus movimientos no tenían sentido, aunque sí simetría. Dibujaban un pentagrama invertido. En el centro de esta figura ardía el fuego. El esperpento dorado tomó, como si eso fuera posible, un poco de la lumbre, jugueteó con ella y la clavó, con un fuerte golpe, en la tierra. Con el porrazo se asomaron tres ataúdes que se mantuvieron de pie al quedar su parte más baja enterrada; con todo y eso, sus puertas se azotaban ante el fuerte ventarrón en medio del diluvio que caía. En su candelabro todavía había una vela ardiendo. Cuando quiso apagarla, se escuchó un lamento que sacudió a todos.

—¡No se te ocurra tocar esa flama!

La demoniaca señora vestida de blanco mostraba sus dientes afilados listos para atacar. La tercia de desfigurados se hincó en señal de respeto. Arrebató el candelabro de las manos de su sirviente, volteó hacia los tortolos, esta vez solo hubo seriedad en su rostro y colocó con delicadeza la lumbre en el piso. En ese instante, salió del infierno un cuarto ataúd. Del nuevo cajón caían cientos de insectos, cucarachas, gusanos y ratas que buscaban un nuevo hogar entrando en las rendijas de los otros féretros. Sus paniaguados soltaban espantosas carcajadas que penetraban el alma de la pareja. La mujer sin ojos levantó la mano y ordenó que callaran; ninguno dudó en obedecerla. Vicente y Luisa temblaban acurrucados. El ánima los miró con celos enfermizos, tembló de cólera y desencadenó un bramido que, del susto, los desmayó. Al verlos desvanecidos, con una sonrisa en el rostro, hundió su asqueroso cuerpo en la laguna.

III

EL INFIERNO

La mente de Vicente se apagó. Su cuerpo quedó descompuesto, cualquiera juraría que se había fracturado algún hueso. Luisa estaba acostada en la hierba con las piernas estiradas, sus brazos alineados a su tronco, del cual sobresalían sus pechos como dos volcanes a punto de hacer erupción por su respiración acelerada. Los dedos le bailaban inquietos, hasta cerrar los puños. Sus ojos se abrieron, estaban en blanco. La visitó una tos imprudente, casi se ahogaba. El carraspeo se convirtió en una expulsión de agua, al igual que cuando alguien es rescatado de ahogarse, hasta llegar a vomitar sangre que se introdujo en sus fosas nasales. Con la asfixia, despertó con una pirueta. Se arrastraba con angustia a la orilla de la chinampa, se hincó y metió su mano a la laguna, tomó un poco de agua y la aventó a su nariz, con lo que quitó el coágulo que no le permitía respirar. No dejaba de voltear hacia atrás, no se había olvidado de los tres deformes que la podían atacar, que, para su fortuna, brillaban por su ausencia. De nuevo introdujo su mano, su mirada cubría su retaguardia. Empapó sus palmas. De pronto, sintió un jalón. Regresó la vista a la laguna y descubrió que quien le tiraba las manos era la mujer que salía del fondo. Creyó que se perdería con el ánima que, también ahí abajo, se veía espantosa, con sus ojeras sangrantes. De un momento a otro, la soltó y se perdió en aquel abismo acuífero. Sin el monstruo sujetándola, arrastró su cuerpo hacia atrás. Cuando su corazón se reponía del susto, en su espalda sintió una pierna, la abrazó, suponiendo que era su príncipe. Subió la vista y vio al militar descarnado que se abría el pantalón y se sacudía su pútrido miembro.

—¿Buscas a tu hombre? Aquí tienes uno de verdad.

A gatas, se revolcó rumbo al agua, llegó al límite de la chinampa y, sin quererlo, metió su mano izquierda a la laguna, la levantó apresurada; recordó que también había peligro ahí abajo. Se quedaba afónica pidiéndole ayuda a su galán. Sus gritos se apagaban, a pesar de que trataba de que su voz se escuchara fuerte y claro. El miliciano no saciaba su acecho.

—Cierra los ojos, piensa que es él —señalaba a Vicente que seguía sin moverse.

Entre más se acercaba el soldado, más quería arrojarse al agua y morir de una vez, prefería eso que ser violada por un amorfo. Cuando decidió tirarse al agua, del fondo salió, otra vez, la mujer de ojeras sangrantes y la aprisionó del torso. Cuando la domó con sus frías manos, agarró con violencia su cabeza y le gritó en el oído.

—Te ordenaron cerrar los ojos. ¡Obedece!

Más por un instinto de supervivencia que por valentía, la muchacha luchaba por escapar. La mujer demoniaca la liberó, no por un acto de bondad, sino porque disfrutaba verla muerta de miedo. Luisa corrió despavorida y se escondió detrás de uno de los árboles. Guardó silencio a los pies del tronco, se enconchó igual que un feto y no se movió ni un milímetro por el pavor que le causaba el ser descubierta. Los sirvientes de la señora sin ojos la amedrentaban haciendo diferentes sonidos, mientras la buscaban en ese purgatorio. El agave rozaba sus puntiagudas uñas en la corteza de los árboles; el militar giraba el tambor de su vieja arma; el endriago dorado golpeaba las monedas de su faldón dejando un agudo sonido en el aire. Esos ruidos la llenaban de ansiedad. Su quietud y paciencia hizo que no la hallaran. Así estuvo algunos minutos, pidiéndole en silencio a Dios que la rescatara. Algo en lo alto del árbol llamó su atención: el ramaje se movía. Enfocó la vista y no encontró nada. Lo que la sorprendió fue una gota que caía en su frente, una y otra vez, fastidiándola con su humedad y, sobre todo, con olor hediondo. Las pocas arrugas que la vida le había dejado, hacían viajar al líquido por su cara hasta su boca; el sabor era muy desagradable. Fue entonces que su mirada se clavó en la rama de donde provenía la gotera. Horrorizada, descubrió trepada a la mujer con ojeras sangrantes, que babeaba como un perro moribundo y la salpicaba desde arriba. Con sus manos, retiró la saliva de su boca y le preguntó a Luisa:

—¿No sabes qué haces aquí?

Se sintió perdida y negó con la cabeza.

—Te mostraré.

Se arrojó sobre la chamaca. En su viaje, la tomó de los hombros y no hubo piso que detuviera el encuentro. Se despeñaron por un asombroso precipicio que se abrió de la nada. En su caída, que parecía infinita, Luisa veía en las paredes de la fosa cuadros colgados con recuerdos de su vida. No eran imágenes quietas, tenían sonido y movimiento; todo era tan extraño y familiar a la vez. Al fin, se estrellaron con el piso del incomprensible acantilado. El porrazo le sacó el aire a la muchacha. Para restablecerse, jalaba bocanadas de aire con desesperación. El lugar estaba bañado de una insoportable oscuridad. La jovencita se encontraba inmovilizada por el horror y las tinieblas. Cuando se recuperó y respiraba con normalidad, como si una estrella abriera con precisión quirúrgica el cielo, apareció una luz que dirigía su luminosidad a ambas. La señora embrujada quedó inerte sobre ella, que, agobiada, buscaba quitarse de encima ese cuerpo maloliente. Era muy pesado y la lastimaba con sus huesos que parecían no estar en su sitio. Respiró hondo y con mucha fuerza pudo levantarlo unos centímetros, iba a rodarse a uno de los lados, cuando la mujer sin ojos despertó, sonriendo con maldad.

—¿Adónde crees que vas?

Para que no huyera, le dio sendos jalones de pelo y, mostrándole su odio, la aventó a unos metros. Luego, de un brinco, se colgó en las paredes invisibles de ese agujero del mal. Caminaba en cuatro patas y reía con locura, imitando a una hiena hambrienta a punto de darse un gran festín. Los movimientos de su cabeza no correspondían con los de su cuerpo. Luisa evitaba verla para no extraviarse en la locura. La luz no alcanzaba a bañar todo el lugar, se quedaba con la víctima, quien temía ser la estrella principal de esa maldita historia. El halo la enjuiciaba. Se sentía sumida en un banquillo de los acusados y no entendía cuál era su yerro. ¿Acaso el amar demasiado a Vicente era visto como una falta?

—¿Por qué me haces esto? —gritó a punto de reventar.

La respuesta que encontró fue un prolongado eco. Cayó de rodillas en el círculo de luz, entrelazó los dedos y rezó con fe un padre nuestro. Cuando se escuchó en el aire la frase "santificado sea tu nombre", habló el ánima con un tono serio:

—Tus plegarías de nada sirven aquí.

—¿Estoy en el infierno? —cuestionó a la voz que surgió de la nada y se oía en todos lados.

—¿Eso crees?

—Sí, con tantas cosas horribles, esto... ¡No sé en dónde estoy! Pero si tú estás aquí, esto no puede ser más que el infierno.

El maullido de un gato se escuchó con fuerza e interrumpió sus gritos. Otra luz alumbró a un minino negro. Luisa no podía creer lo que veía.

—¡Ese gato no debería estar aquí!

—¿De verdad no recuerdas nada?

Luisa se sobaba los rizos para calmar el dolor de los jalones y escudriñaba en su mente algún dato que la acercara a una respuesta certera. Entre la opacidad, resonaba el maullido del gato y las risas de la mujer maldita, que estallaban de placer por su desconcierto. Trató de calmarse.

—Esto no está pasando. Es una pesadilla, me voy a despertar en cualquier momento.

No dejaba de apretujar su memoria, todo era inútil, no se acordaba de nada; aunque sentía el alma cuarteada. Abatida, comenzó a lloriquear en ese terrible abandono. La horrorosa aparición se apersonó, cargaba un empapado bulto, enrollado con la misma manta con la que ella cubrió al gato antes de ahogarlo. La mujer sin ojos arrullaba el envoltorio con ternura.

—¿Ya recuerdas algo?

—De lo único que me acuerdo es de ese gato —respondió segura Luisa.

—¡Del gato!

La aberrante alma pasó de mimarlo a romperle el cuello y aventarlo por detrás de su hombro como si no valiera nada. Con su frialdad, la joven se venció y gritó empapada de un río que nacía de sus ojos.

—Estoy dispuesta a pagar por mis pecados, pero, por favor, déjame salir de aquí.

—No seas ansiosa, tus faltas serán castigadas —contestó con picardía la sin ojos—. Además, no te puedo ayudar a salir de aquí.

—¿Por qué no?

—Porque estamos en tu mente.

Dicho esto, el monstruo se perdió en medio de la oscuridad. Luisa se incorporó con la respiración entrecortada. Volteaba a todos lados y no reconocía nada. Desgarró su garganta con un grito; fue tal el esfuerzo que hizo al berrear, que se desplomó perdiendo, otra vez, el conocimiento.

IV

EL MONSTRUO

En lo alto de aquel abismo comenzaron a pintarse estrellas. Una por una iban apareciendo, dándole luz a la escena que regresaba a la chica a la chinampa. Aquellos resplandecientes astros guiñaban con rapidez. En uno de tantos parpadeos, salieron detrás de distintos árboles tres personajes que no se habían visto en la chinampa; chismorreaban alrededor del cuerpo de la desmayada. Un ventarrón peregrinaba por el lugar, con su frío quiso despertar a la chamaca. Ni su gélido soplo lo consiguió. Desesperado, uno de esos tres entrometidos la zangoloteó. La pobre reaccionaba a cuentagotas. Poca luz entraba a su mirada, veía una sombra, y escuchaba, a lo lejos, una voz que la reanimaba.

—¡Niña, niña! ¿Estás bien?

Vio borroso el rostro de una señora de edad con un paliacate negro en la cabeza. Cuando afinó la vista, los ojos en el cielo se cerraron para siempre. Al levantarse se tambaleó; el mareo y la falta de fuerza en las piernas la tumbaron. Enfocó a la vieja y se tranquilizó, imaginó que todo había sido una pesadilla. Sus manos la impulsaron hasta ponerse de pie, bajó su mirada, sintió que sus palmas tenían tierra, descubrió los horrorosos árboles y que la rodeaba mucha agua, desfalleció al confirmar que todavía estaba en la chinampa maldita. Ojeó a la doña que la despabiló, ahora de cuerpo entero. Corroboró que vestía un chal negro con brillos dorados, mismos colores tenían su falda y su blusa; su tez, era más blanca que morena, junto con su cara bonachona, sus ojos traviesos y una tímida sonrisa, le hacían pensar que se encontraba frente a alguien amigable. La muchachita le regresó un gesto amable. Luego dio un vistazo al lugar.

—¿Buscas a tu amigo? —preguntó con ternura la señora.

—Es mi novio.

—¿En serio? En todo este tiempo que estuviste tirada no te vino a ver.

—Así es él, pero le juro que me ama.

—Si tú lo dices. Despertó antes que tú. Anda como león enjaulado, míralo.

Muy angustiada, trataba de localizarlo. Él gritaba con ansiedad:

—¿Qué carajos está pasando?

Vicente regresó al centro de la isla, donde halló a los otros dos curiosos. Juntos inspeccionaban los cuatro ataúdes. Uno, vestido con basta elegancia, portaba un traje de seda a rayas en tonos cafés, rojizos y oscuros, con una estética pechera; de su cuello se abrazaba un primoroso moño; su camisa era de un blanco impecable; encima del traje traía una gabardina color tabaco que le llegaba a la mitad de las rodillas, en la solapa, presumía un clavel rojo; su cabeza portaba un distinguido bombín; llevaba también refinados zapatos que a cada paso se atascaban de lodo, estropeando el brillo de los mocasines; un bastón detenía su cuerpo al inclinarse, estaba hecho de madera fina, lo coronaba en la empuñadura un águila real detallada con maestría. El hombre era de tez morena, con mirada altiva. Sus rasgos eran indígenas y los quería cubrir con un bigote de altos vuelos. Tenía cierto aire de grandeza; mas algo no cuadraba, era como un tipo de clase alta sin serlo. El otro sujeto era mucho menos pomposo; se percibía que era una extracción de clase baja; llevaba un traje de manta gastado y amarillento por tantas usadas, los sucios puntos sobre la tela parecían pálidas motas de hepatitis; un cinturón de piel corroído amarraba su cintura, de ese cuero viejo, colgaba un machete oxidado; encima de su pelo grasoso y despeinado había un sombrero de palma, que con un listón azul claro detenía al frente una imagen del sagrado corazón de

Jesús; un par de guaraches cubrían sus pies y, en sus talones desnudos, llevaba costras de lodo; sus manos ásperas aún tenían residuos de tierra seca; su piel era tan morena como la canela; sus ojos denotaban cansancio y, a pesar de ser un bicho raro, se veía un poco más calmo que el roto del sombrero. Era el modelo perfecto del campesino mexicano.

La chamaca seguía aterrorizada, aunque sintió alivio con tanta gente a su alrededor. Después de todo, ya no estaban solos. Tal vez los recién llegados podrían ayudarlos a salir del embrollo. Echó otro vistazo, los esclavos de la señora maldita, que le congelaban la sangre, permanecían cerca, caminaban de un lado a otro; aunque se notaban ausentes. Vicente llegó a su lado.

—¿Y está gente?

Luisa no podía decir una sola palabra, se le llenaron los ojos de lágrimas y, como empezaba a ser costumbre, buscó untarse en su pecho como un pegajoso ungüento. Asustado, la refugió acurrucándola con fuerza. Con el apretón, la chica avivó su corazón. Nadie decía nada, hasta que rompió el silencio el hombre elegante.

—Buenas noches.

—Le aseguro, señor, que no tienen nada de buenas —dijo un eufórico Vicente—. Me gustaría saber si alguno de ustedes sabe, con exactitud, dónde estamos.

Nadie respondió. Guardaron silencio como si fueran parte de un velorio. El campesino se puso en cuclillas, tomó un poco de tierra, la olió y apenas si la probó de un lengüetazo.

—Conozco este lugar, pero...

—A mí también me parece familiar —recordó la vieja que vestía de negro.

Vicente, más nervioso que una madre a punto de parir, en otro de sus arranques, aventó a la que abrazaba.

—La verdad, no tengo idea de dónde estoy y, mucho menos, ¡qué hago aquí!

—Amor, estoy igual de confundida. Todo esto muy tétrico, sin tan solo...

—¡Cállate! Tú siempre con tus estupideces.

El hombre distinguido se molestó con las formas del macho.

—Le pido, estimado amigo...

Aguardó unos segundos esperando que el mancebo se presentara.

—Me llamo Vicente. Y que le quede muy claro, señor...

—Soy el doctor don Aureliano Urrutia.

—Mucho gusto —replicó disgustado—, pero no somos amigos. Nadie con esa facha puede gozar de mi amistad.

—Bueno, si vamos a juzgar por la facha —se entrometió, burlona, la del paliacate.

—Y a usted, ¿quién la metió, señora...?

—Me puedes decir tía Albina, así me llaman todos mis conocidos.

—¡Otra! Perdón, usted tampoco es mi amiga.

—Eso ya lo sabemos, jovencito —sentenció Urrutia—. Al parecer ninguno de los que estamos aquí tenemos el placer de conocernos.

—Disculpe, señor —se entrometió la chica—, eso no es del todo cierto. Él es mi novio.

Lo abrazó y descansó sus labios muy cerca de su corazón. Vicente se deshizo de la enredadera que estrujaba su cintura.

—¡Quítate! Y no sigas con eso de que somos novios.

Igual que un pedazo de madera empapada, Luisa se resquebrajaba por dentro con su maltrato. Albina, de inmediato, notó la clase de canalla que tenía enfrente.

—¡Ay, mi querida niña! Qué suerte tienes de tener a este hombre en tu vida.

—¿Verdad que sí? —respondió de igual modo el rufián.

—Sí, mijito, ni se nota que este romance acabará en tragedia.

—¿Qué? —preguntaron al unísono.

—Nada. ¡Que el amor se nota a leguas!

El campesino, harto de las ridículas batallas verbales, se hincó cerca de una de las orillas de la chinampa, metió sus sucias manos al agua, sacó un poco y la bebió. Antes de tragarlo, supo la verdad y lo escupió con rapidez.

—Yo mero sé dónde estamos, pus nomás que no les va a gustar nada.

—¿Cómo lo sabes? —cuestionó Vicente.

—Mis pecados no dejan de azotarme y...

—Esa no es razón suficiente para asegurar que estamos en donde dices que estamos.

—Mira, carnalito... —el mujeriego le regaló una mueca de desprecio—. Sí, ya sé que tú y yo no somos carnales. Pus tú también entiende que, ansina, solo te decimos esas cosas para ser amigables. Vives muy enojado, de cualquier forma, aquí está mi mano amiga, soy Julián.

Le dejó la mano estirada, movió las cejas con altivez y continuó la charla.

—Mucho gusto. Entonces decías que...

—Conozco este lugar, solo que aquí merito pasan cosas muy malas.

—¡Y eso en qué nos ayuda! —exclamó Vicente.

—Usted, doctor, ¿qué es lo que piensa? —interrumpió su discusión la jovencita.

Se tomó unos segundos para que su respuesta tuviera certeza. Luego de perder la vista en el horizonte dio un fuerte resoplido, pues la densa niebla no lo dejaba ver dónde estaba. Después, clamó envuelto en un aire de superioridad.

—¡En efecto! El mugroso tiene razón.

—¿Por qué está tan seguro? —la duda salió de los labios del macho.

Contestó tratando de darle cierta poesía a su certidumbre.

—El que un caballero de mi linaje esté aprisionado con ustedes es una tragedia, únicamente cosas malas pueden pasar aquí.

Respetando su soberbia, todos guardaron silencio, menos Vicente que se desesperaba con tanto misterio.

—Muy bien, ya sabemos que aquí pasan cosas malas y que este señor está loco. Ahora, ¿alguien me puede decir en dónde estamos y cómo salimos de aquí?

Los tres extraños sujetos intercambiaron miradas. Ninguno se atrevió a hablar. Urrutia sacó de la gabardina una cadena de la cual colgaba un reloj de plata que presumía un águila porfiriana dibujada en su cuerpo. Las alas del ave tomaban el rol de manecillas y giraban con locura. La tía Albina extrajo de su chal una bachita de oro, bebió tan rápido que el alipús le raspó la garganta, luego, la guardó sin invitarle a nadie ni un traguito. Al mismo tiempo que el agropecuario revisó la tierra que había en las palmas de sus manos, frotó aquel lodo seco con uno de sus pulgares y, en pequeños granos, el barro cayó al suelo. Fue este último quien respondió en tono deprimente.

—Muchacho, embeces lo mejor es no saber dónde se está. En Xochimilco hay canales que ni los más valientes se atreven a cruzar y pus a lo mejor tú y tu novia...

—¿Qué? ¿Por qué dices eso? —asaltó el espanto a la joven.

—¡Porque es verdad, escuincla! —confirmó la señora de edad—. Xochimilco es un lugar hermoso, pero tiene rincones malditos y este es uno de ellos.

Vicente les reprochó con tanta enjundia que se podía apreciar su saliva volando por doquier.

—¡Muy bien, estamos en un lugar maldito! Pero ¿saben por qué esos ataúdes están vacíos?

El campesino se acercó sin entrar en la estrella diabólica. Las cajas no traían nada, sus tapas eran lisas. Las miró con horror.

—No, pos eso sí que está muy raro.

—¡Claro que es muy extraño! —contestó Vicente, y desesperado acabó su idea—. Más sorprendente es que estoy aquí discutiendo contigo o con este señor que parece que se escapó del museo de cera —terminó señalando al médico.

—Sí, doctor, se ve muy fuera de moda —se burló la mujer de edad.

—Mira quién habla —reviró el galancete—. Toda vestida de negro y con ese paliacate en la cabeza. No me diga que puede desfilar en París...

—Cálmate, amor —suplicó Luisa.

Se le acurrucó luego de estas palabras. Esperaba que su media naranja le respondiera con alguna caricia. Sobra decir que solo le otorgó un nuevo maltrato.

—¡No me digas qué tengo que hacer! ¡No quiero estar aquí!

Urrutia rio con discreción, cosa que no le agradó al mujeriego y, con rostro de hierro, lo retaba con un puño bien cerrado y su cuchillo listo para filetearlo. El otro ni siquiera se inmutó y se refirió al bravucón con mucho temple.

—Al parecer ninguno de nosotros escogió estar aquí.

—¡Entonces hay que averiguar cómo fregados salimos de este lugar!

Albina, cansada del exceso de testosterona, volcó su picardía sobre Vicente.

—Calma, mi gallardo y osado príncipe. Eso no será fácil.

—Ah, ¿no? ¿Por qué?

—Si lo que nos trajo aquí es lo que creo, nada sencillo será salir de esta chinampa.

—¡Esto cada vez es más misterioso! Me empiezo a sentir muy...

—¿Triste?

—¡Sí! ¿Cómo lo supo?

—Es una aflicción que tuve hace muchos años.

—Como si un grito de dolor se me ahogara en la garganta —exclamó la jovencita.

—No digas tonterías —hizo otra rabieta el pillo—. ¡Eres la que más me desespera!

Una voz de ultratumba rasgó el viento:

—¡Aaaaaaaay!

En un instante, el que se comportaba como un salvaje, era un tierno becerrillo. Temeroso, le rogaba a la tía Albina:

—¡Esto es una pesadilla! Dígame, señora, ¿qué hago para salir de aquí?

Contestó tranquila, aunque con los ojos bien abiertos, imitando a una madre que le explica a su pequeño algún asunto de importancia:

—Escucha lo que te digo, solo saldremos de aquí si ella quiere.

—¿Ella? ¿Quién es ella? —curioseó la trigueñita.

El mugroso jornalero la prensó de los hombros, la vio directo a los ojos y con voz agitada, hizo eterna su respuesta:

—¡La Llorona!

Lamentos, llantos y sollozos en la chinampa reverberaban con rencor y melancolía. El agricultor y Albina cambiaron la tranquilidad de sus rostros por unos más alertas. El ruido lastimaba no solamente los oídos, también perforaba el alma, se respiraba una infinita pesadumbre en ese averno abandonado a los ojos de Dios. De pronto, los gritos fueron apagados, quedándose todo el lugar en un insoportable sosiego. Entre tanto misterio, fue cuando el doctor con su elocuencia enunció lo inevitable:

—Así es jovencitos, es ella. La mujer que sale del agua con lágrimas de sangre en sus ojos.

—Donde deberían de estar sus ojos —lo corrigió el sembrador.

Vicente, hastiado, gritó a los tres personajes:

—¿Qué dicen? ¿Que esta tristeza infinita que invade mi cuerpo es por qué un fantasma me trajo hasta aquí?

—¿No lo crees? —respingó Julián—. Nomás devisa todo lo que hay aquí mesmo y lo que has vivido, ahora dime, ¿entiendes algo de todo esto?

—Joven amigo, la Llorona no es un simple fantasma —explicó el matasanos—. Es un ser sobrenatural mucho más poderoso que cualquiera.

—Eso es cierto —intervino Albina—. No solamente causa espanto en la gente.

—Entonces, ¿qué es lo que quiere? —tragó saliva, la chica.

—Venganza, mi niña.

El macho, incrédulo, se retiró a unos pasos. Veía a detalle uno de los canales que conectaban con ese maldito lugar. Se dio valor.

—¡Vamos, dejémonos de estupideces! Pensemos en un plan para salir de aquí.

—Espera, amor, quiero saber más de la Llorona.

No acaba de nombrarla cuando un grupo de desplumados avechuchos levantaron un escandaloso vuelo rumbo a la luna que se revistió con nubes oscuras. El galeno se mofó de la chismosa.

—Eres muy valiente o muy liosa.

—Eso es una tontería, ni lo prenuncies siquiera —la reprendió el cultivador, al tiempo que se persignaba.

—¡Tienen razón! —injirió la señora de negro—. Además, te llevará a enfrentar tus más terribles pecados y no te dejará en paz.

—¡No me importa! Ya la tuve de frente y...

—¿Y? —la retó el médico.

—No le voy a decir que no me dio mucho miedo, pero... En verdad, quiero saber más sobre ella. Tal vez se nos ocurra algo para vencerla y salir de aquí.

El misterioso trío se miró entre sí con ojos siniestros. El cirujano, con una escueta sonrisa que iluminó con perversidad su cara, habló sobre la temible ánima:

—Se cuenta que, en tiempos de la Colonia, una mujer indígena, hermosa, con el cabello negro, largo y brillante, unos ojos enormes, tan expresivos como los luceros que alumbran las noches más oscuras, se perdió de amor al ver a un caballero español muy respetado que respondía al nombre de Nuno de Perdigón.

—¿Caballero? Eso tiene gracia. ¡Era un cerdo! —expresó con desprecio la vieja.

—¡Señora, deje al dotor terminar su leyenda! —procuró apaciguarla el campesino.

—Este hidalgo español —arañaba los recuerdos el catrín— llevó a la mujer a vivir a su hogar, donde en un principio era vista como parte de la servidumbre.

La educada cadencia de su voz envolvía a todos. Era preciso cuando narraba que, con el paso del tiempo, la belleza y gracia de la mujer ganaron adeptos en el noble hispano que la comenzó a ver con otros ojos.

—De vez en cuando, él le coqueteaba. La pobre, ilusionada, le sonreía ingenua y su ser se iluminaba por dentro.

Hasta que un buen día no resistió más y la besó. La seducida regresó con pasión, el afecto y el amor se estrelló con violencia en ambos. Ella lo gritaba a los cuatro vientos, estaba segura de sus sentimientos puros. Con él, las cosas del corazón eran muy similares; no obstante, lo negaba por su posición ante la Corona. La realidad es que también se descarrió en su cariño como un demente. Gozaron uno de esos romances delirantes y silenciosos por mucho tiempo, donde transpiraban dicha. A tal grado fue su idilio que fueron incapaces de detener los burbujeantes arrebatos que los acechaban cada que se tenían cerca. Tiempo después y en secreto, la hizo señora de su cama, llevándola a su pecaminoso lecho por las noches entre las sombras.

»Pasaron los años y un par de retoños nacieron. Todo continuaba encubierto para las altas esferas, pero en la vox populi eran de sobra conocidos sus deslices nocturnos. En una de esas citas, en medio de un arranque de pasión, le prometió matrimonio, amor eterno y le aseguró que a los pequeños nunca les iba a faltar nada y crecerían como amos y señores de sus tierras cuando él se presentara frente a Dios.

—Y, como buena mujer, le creyó al muy cabrón —aseveró Albina.

—¡Cállese, deje terminar al dotorcito! —reclamó Julián.

—Por supuesto, no cumplió su promesa —continuó Urrutia con su remembranza—. Su posición no le permitía contraer nupcias con alguien que tuviera sangre indígena. Poco después, anunció, con bombo y platillo, su boda, con un pequeño detalle: la ceremonia sería con una joven española rica y virgen, algo muy importante para la casta de Nuno, lo que consternó a la pobre abandonada.

—Dígalo como es, doctor. ¡La usó y luego la tiró! —rezongó sincera la señora.

—¡Esta vieja metichi nunca se va a callar! —parloteó el jornalero.

Con un gesto al catrín, lo invitó a que concluyera su trágica y amorosa historia. El dandi inhaló como un triste enamorado y siguió con el mito.

—La engañada se enteró de que el amor de su vida se casaría. No lo creía, quería oír esa cruda verdad de sus labios. Rendida a su querer, trataba de localizarlo para encontrar alguna respuesta que le aliviara el tremendo sufrimiento que le presionaba el pecho. Él, con la frialdad de un asesino, le respondió que nunca pensó casarse con ella por ser india.

Se escuchó un terrible grito que desgarró la existencia de los que se encontraban en la chinampa.

—¡Aaaaaaaayyyyyyy!

El bramido estremeció a todos, menos a Luisa, que no le ponía límites a su curiosidad.

—¿Y sus hijos?

—Ni los iztcuincles lograron que el jijo del maíz reaccionara —contestó el jornalero.

—Los despreciaba —enunció con cólera la longeva mujer.

El catrín contó el atroz desenlace con melancolía:

—La infeliz enloqueció y un día, antes de la boda, robó el vestido de la novia.

—Pobrecita —lamentó la muchachita—, sí que perdió la razón y llenó su corazón de odio.

—Su dramática historia no acabó. Su furia alcanzó a sus pequeños hijos, a quienes culpaba de su desgracia hasta que los mató. Algunos aseguran que los ahogó en estas aguas.

—Y a ella, ¿qué le pasó?

—Cuando su trastorno le mostró el terrible acto que había cometido, se ahorcó en uno de los tantos ahuehuetes que había en Xochimilco; sin embargo, nunca se quitó el ajuar de novia. Se cree que su cuerpo quedó colgado por varios días. El olor que despedía era insufrible, tanto que llegó a oídos de Nuno. El español, enardecido por quitarse ese peso de encima, fue hasta donde estaba la ahorcada. Dicen que besó el podrido cuerpo. Cuando lloraba su pérdida a los pies del árbol, un par de zopilotes le comieron los ojos a la ahorcada. No soportó verla tan deforme y fue su espada la que cortó la reata con la que se suicidó. El sablazo hizo caer el cuerpo en estas aguas. Desde entonces, su alma sale de las profundidades del canal.

—También, desde esos días —aseguró el agricultor—, busca repartir su dolor y su locura entre los más mezquinos. Mesmamente, se sabe requitibién que en los tiempos más antiguos sus gritos de terrible angustia jorrorizaban a casi todo Xochimilco.

—Se le ha visto más en algunos lugares que otros, y esos rincones están condenados. Este, en donde estamos, es el principal —cerró el mito la vieja sarcástica.

Vicente caminaba de un lado a otro, dubitativo. Su miedo no se esfumaba, aun así, confesó muy seguro:

—Esa no es la misma Llorona de la que he escuchado.

—¿Cómo? ¿Existen dos Lloronas? —cuestionó Luisa.

—No lo creo —la ruca volvió a entrometerse.

—Mi abuelo me contó que la Llorona en realidad es Cihuacóatl —reveló el macho.

—Cihua... ¿Qué? —con dificultad se interpuso el agricultor.

—¡Cihuacóatl! La primera mujer en dar a luz en el universo. La madre de Huitzilopochtli.

—¡Te digo, galán, que eso no puede ser! —truncaba su idea la señora.

—¡Dejen que cuente su versión! —bramó la chamaca—. Ya escuchamos la suya.

Vicente no dudaba al apuntar que Cihuacóatl era la diosa madre en el universo mexica. Un ser mitad humano, mitad serpiente y, en la tierra, cuando visitaba a sus hijos, lo hacía en forma de una hermosa mujer, con un carácter amable. La diosa, que se mezclaba con los mortales, era conocida como Tonantzin, que en español se traduciría como "nuestra madre". Vestía de blanco y su pelo era largo y negro.

—Se viste igual. A lo mejor es la mesma —berreó el agropecuario.

El mujeriego negó con la cabeza y aseveraba que la mujer a la que se refería no solamente era buena, sino que tenía el poder de predecir acontecimientos; la mayoría eran agradables noticias para el imperio azteca hasta que, unas semanas antes de la llegada de los españoles, se le vio divagando entre los grandes templos de Tenochtitlan, llorando con el alma magullada.

—¡Ay, hijos míos! ¿Adónde los podré llevar? ¡Ay, hijos míos, estamos perdidos! —actuaba su narración—. Sus gritos eran en realidad un aviso que nadie quiso escuchar. Todos sabemos cuál fue el final de esa historia. Desde ese momento, llora por toda la eternidad porque nadie escuchó su dolosa advertencia. No solo sus lamentos traspasaron el tiempo, su leyenda también lo hizo con algunas variantes.

—¿Cuáles fueron esos cambios? —volvió a hablar la señora.

—La gente alteró su grito original por el ya famoso "¡ay, mis hijos!".

—Esa historia no se escucha tan espeluznante como la nuestra —se mofó Urrutia.

Como estruendosos cañones de guerra que avisan de una próxima desgracia, se escucharon los insoportables sollozos. Una inesperada luz los dejó ciegos. Cuando recuperaron la visibilidad, vieron cara a cara a la tenebrosa fémina que lloraba sangre.

—Por supuesto que esa historia no es tan espelúznate como la tuya, Aureliano Urrutia. ¿Por qué no les cuentas de tu vileza?

Lo capturó y sus frías manos se aferraron de la gabardina. Lo levantó casi un metro del piso para dejarlo caer desde lo alto.

—¡Di tus pecados!

Del miedo que sintió perdió el conocimiento. Todos los demás titiritaban al ver cómo la diabólica mujer se paró sobre el agua y se hundió con lentitud. Antes de que el canal cubriera su pálido rostro, le lanzó un vistazo a la muchacha.

—Te dije que era solo el principio. Empezaremos con la historia de este arribista. ¡Cuenta tus pecados, Aureliano Urrutia!

V

LIBERTAD O FILO

El doctor Urrutia no se movía, parecía muerto. La señora de negro sacó debajo de su chal un abanico con empuñadura dorada, echaba aire como loca, tratando de traerlo de nuevo a su triste realidad. El sembrador se puso de rodillas y giró el cuerpo del doctor que seguía tieso; podría jurar que actuaba igual que alguien que tuvo la mala fortuna de que le cayera un travieso relámpago. El aire que daba la mujer del paliacate no tenía efecto. Una pizca de viento frío aleteaba por la chinampa y levantaba alguna hojarasca que se desmayaba cuando la brisa tomaba más altura. En uno de sus rítmicos paseos en el lugar, revoloteó cerca del médico que, igual que cuando un ingenuo arroja al olvido un mal recuerdo que volverá, así también le regresó abruptamente la respiración. Sus ojos se abrieron y bailaban de un lado a otro. Babeaba mucho y su cuerpo pasó de la inmovilidad total a tener los agresivos ajetreos de un epiléptico. Las rasposas manos del campesino trataban de parar aquel terremoto; mientras, los enamorados veían la escena, abrazados. La vieja agitó más rápido su abanico. Julián gritaba hecho una maraña de nervios.

—¡Dotor, dotorcito! ¿Qué le pasa?

Como si Tlaloc se hubiera despertado de malas y hambriento, un ventarrón se tragó a la juguetona ventisca y lanzó su furia al aire con un suplicio.

—¡Aaaaaaaaayyy!

El alarido, plagado de angustia, puso a todos a temblar. Surgió una delgada niebla de uno de los canales cercanos. Luisa sabía que entre esas nubecillas se ocultaba la mujer maldita que salía del agua con todo su rencor. Cerró los ojos, se los tapó con ambas manos para asegurarse de no verla. El terrible grito se escuchó más fuerte.

—¡Aaaaaaaaaaayyyyyy!

Fue tan horroroso que les lastimó el alma, como a Cristo su corona de espinas. El campesino, hincado en el fango, no soltaba al cirujano que recargaba su cabeza sobre sus sucios pantalones. Vicente se tiraba al piso y cubría sus oídos esperando que aquel momento finalizara. El aullido se alejó hasta perderse en la noche. La trigueñita, todavía con las manos protegiendo su mirada, lanzó una pregunta al aire:

—¿Ya puedo abrir los ojos?

—Eso parece, niña —dudó Albina.

El silencio que había en ese averno le dio la confianza para retirar las manos de su rostro. Lo hizo con inocencia, como cuando un pequeño juega a las escondidas y trata de fisgonear separando un poco sus palmas de su carita para descubrir el escondite de sus amigos. No vio nada, se armó de valor y abrió los ojos. De golpe, la pálida jeta con dos boquetes que lagrimeaban sangre se apreció de frente a ella. Sus agallas se desvanecieron y saltó aterrada. Antes de que pudiera gritar, el monstruo la señaló con pena.

—¡Estúpida!

Y se esfumó entre los árboles. A Luisa se le quedó el grito encadenado a la garganta. Duró inmóvil unos instantes. Las palabras no encontraban salida, hasta que tartamudeó.

—Ti-ti-tía Albina, e-e-esa mujer...

—La Llorona.

—¿Qué quiere conmigo? ¿Qué busca con el doctor?

—¡A saber! ¿Te acuerdas lo que te dije? Ella jamás te deja en paz, siempre regresará para mostrarte tus más oscuros pecados.

El doctor Urrutia reaccionó vomitando una plasta que atascó las manos del agricultor. Tosía como si se le hubiera atorado una espina de pescado en el cogote. Cuando se repuso, advirtió que reposaba en las piernas del pueblerino. Se puso de pie reclamando con altanería.

—¿Quién eres tú? ¿Cómo te atreves a tenerme así entre tus garras? Mira nada más cómo me pusiste el traje. Esta ropa vale más que tu propia vida. ¿Acaso no sabes quién soy?

—Pos... Asté es el dotor Urrutia, ¿o no? —escondió el rostro el mugroso luego del regaño.

—¡Lo soy! Por eso mismo te ordeno que te alejes de mí, escoria. ¡Faltaba más! Un hombre de mi categoría, estar en los brazos de un pelagatos.

Graznaba insultos al aire mientras revisaba con desprecio su alrededor. Limpiaba sus finas ropas y buscaba su sombrero. Julián, que también se embarraba de aquella vasca, según él para limpiarse las manos, le acercó el bombín. Se lo arrebató. Su mirada déspota recorría a los presentes; se detuvo con morbosidad en la joven. El viento, que no dejaba de suspirar, esa vez viajó suave, acorralando su blusa en la exquisita pared que formaban sus senos y alertaba sus pezones con su frío resoplar. El médico recreaba la vista en su delicioso cuerpo. Luisa intentó parar esa violación visual.

—Don Aureliano, usted se desmayó y Julián...

—Sí, sí, sí —vaciló con desdén el catrín—, lo que usted diga, señorita. Ahora, ¿me pueden decir qué hacen cuatro muertos de hambre en mis tierras?

—¿Sus tierras? —espetó Vicente.

Sacó su navaja como retando al resucitado. El ricachón notó la arrabalera acción. Le hizo bajar su arma con ayuda de su bastón.

—Así es, jovencito. Estas tierras son de mi propiedad.

No mentía. Era dueño de esa y otras chinampas cercanas, también lo era de lo que se consideraba una de las avenidas náuticas principales de la época prehispánica, el canal de Apatlaco. Le pertenecían a su familia desde los primeros años del siglo XIX, cuando se las compraron al chozno de Nuno de Perdigón, Rodolfo Perdigón de la Pompa. La compra fue casi un regalo, ya que el antiguo dueño las consideraba malditas y habitadas por un espectro que, según las palabras de su esposa, una noche le arrancó la matriz para nunca poder ser madre. Agobiado por la salud de su compañera, llamó a los mejores doctores de la Ciudad de México y todos llegaron a la misma conclusión: su mujer era apta para embarazarse. Lastimosamente, nunca lo logró y ella aseguraba que era por el ánima que le extirpó las entrañas. Así que ambos regresaron a España cuando cerraron la negociación con los Urrutia; él, con el corazón destrozado, y ella, con la mente totalmente extraviada. Los nuevos dueños no tardaron en mudarse y tiempo después nació Aureliano, un ser destinado a grandes cosas. Incluso, como prueba para que nadie dudara de su propiedad, el médico vociferó que fue él quien mandó construir el bello puente hecho de piedra que desde la chinampa se miraba no tan lejano cuando la bruma lo permitía. Lo describió con tanto detalle que nadie dudó de sus palabras. A esa obra la llamaron, en su honor, "El Puente de Urrutia". El catrín no cesaba de vanagloriarse.

—Todo esto es de dominio público desde principios de siglo y, ya que estamos en 1913, les voy a pedir que, si no quieren que los eche a los perros, ¡lárguense de mi propiedad, ahora mismo!

—¿1913? ¡Este señor está lunático! —se ensañó mientras reía extrañado Vicente.

—Más respeto, jovencito, está usted hablando con el compadre y médico particular del señor presidente de la república.

—¿El señor presidente? —intervino la enamorada del amenazado.

—Así es, don Victoriano Huerta.

Nadie sabía qué le había pasado al pobre doctor después de su desmayo. El mujeriego no se dejó intimidar por su jactancia y expuso el orgullo de Urrutia.

—¿Victoriano Huerta? ¿El usurpador? ¡Asesino de Madero y Pino Suárez!

—¡Es lo que dicen! La realidad es que no le han podido probar nada.

—¡Hay cientos de libros que demuestran que Huerta fue un traidor a la patria!

—¿De qué me estás hablando, salvaje? Mi general Huerta jamás permitiría que...

Mientras trataba de convencer a los presentes que lo que decía era cierto, el viento, con su conocida furia, se quejó una vez más.

—¡Aaaaaaaaaay!

El estruendo hizo que el dandi se tapara los oídos. Maquilló su miedo con una tímida risa. El cultivador estudió bien su estampa.

—¡Por fin! Ya sé quién es asté. Usté es "El cirujano asesino".

Al darse cuenta de la acusación y de quién venía, no tardó en mostrar su displicencia. ¿Cómo era posible que aquel humilde hombre, lleno de hambre y mugre, le dijera un sobrenombre como ese?

—No sé de qué me estás hablando.

Tenía tantos méritos que harían a cualquiera pensar que eso no era más que una calumnia. Entre sus aventuras profesionales había sido profesor de cirugía en la Escuela Nacional de Medicina. En 1911 fue nombrado, por el mismísimo Francisco I. Madero, director del Hospital General, donde en tan solo tres meses realizó grandes reformas al sistema de salud y cultivó éxitos que le dieron prestigio internacional. Salvó de la muerte al gran torero Rodolfo Gaona. Fue el primer cirujano en el mundo en separar a dos niñas siamesas, entre muchas otras grandes hazañas científicas.

—¿Quién de ustedes puede presumir tales logros? —reclamó con aires de grandeza.

—Bueno, sí, creo que nadie, pero... —trató de intervenir la muchachita.

—No hay "pero" que valga, jovencita. No toleraré que me llaman así.

Para rematar, era dueño de su propia clínica en Coyoacán, donde se atendía a los mejores y más grandes políticos del país.

—Como don Victoriano y toda su apreciable familia —aseguraba petulante.

Los sollozos en el viento se escuchaban más fuertes. El matasanos se rompió por dentro y dejó su vanidad arrumbada. Modificó su expresión al escuchar un nuevo quejido.

—¡Aaaaaaaaaayyyyyyyyy!

Titiritaba cada que la tenebrosa brisa sobrevolaba cerca y lo abrazaba con su dolor. Volvió su rostro hacia el lado contrario de la resentida corriente, solo para encontrarse con una maloliente bruma que caminaba en busca de sus huesos. El caballero y toda su altanería se vieron humillados cuando el temor hizo que se orinara en los pantalones. Parado en aquel charco de meados, actuó como un demente.

—¡Déjame en paz! ¡Ya pagué por lo que hice!

El vendaval volvió a rugir:

—Aureliano... ¡Confiesa tus pecados!

Gritaba como un desquiciado, buscando la piedad de esa voz que lo señalaba:

—¡Está bien, mujer! Lo haré.

La neblina se alejó despacio de la chinampa, dejando un rastro asqueroso en el aire que hacía a Urrutia respirar con dificultad.

La tía Albina preguntó preocupada:

—¿Doctor, se siente bien?

—No sé cómo me siento.

—No se apure, si no quiere decir nada, lo entendemos.

—Si lo que quiero es encontrar la paz, creo que debo hablar.

—¿Qué hizo para que lo persiga la Llorona? —indagó la trigueñita.

—Cosas horribles.

—¡No lo creo! Tal vez está siendo demasiado severo.

—Pos quién sabe. No ti digo que era conocido como "el cirujano asesino" —le restregó el sobrenombre el campesino.

—¡Cállate! ¡Te estás ganando un periodicazo en el hocico! —soltó de sopetón la del paliacate, como lo hace la gente pobre cuando sabe la verdad, pero teme ser reprimida.

—No, no... Tiene razón, solo que... —lamentó el médico.

—Entonces... —intervino, el macho—, ¿quiere que le demos unos segundos o...?

—¡Yo soy Aureliano Urrutia y confieso ser un demonio de la Llorona!

De una de sus fosas nasales nació un hilo de sangre. No lo limpió, dejó que corriera hasta su labio, lo saboreó con la lengua y empezó la confesión.

—Mi primera estupidez la cometí cuando escuché al general Huerta hablar de que mataría a Madero por guango y a Pino Suárez por creído y muy educadito.

—¿Está diciendo que usted sabía...? —se interesó Vicente.

—Nunca lo creí capaz de tal fechoría.

—Dotor, pus... Huerta era un desgraciado chacal, ¿qué no? —cuestionó el sembrador.

—Podría decirse, pero jamás imaginé que...

—¿Y por qué no le avisó a la polecia?

—Por cobarde. Además...

—¡Aquí es donde empieza a tomar sabor la historia! —regresaron los chistes de la tía Albina.

El potentado no sonrió. Exigió, con la mirada, que le dejaran contar su pena.

—Todo empezó en febrero de este año, 1913...

En la calle de Plateros y Motolinía, a unas cuadras del Palacio Nacional, en el restaurante Gambrinus, que era el lugar preferido no solo de Urrutia, sino también de Victoriano Huerta. Visitaban el sitio con frecuencia para charlar sobre la vida política del país y la falta de carácter de ese "enano loco" que era Francisco I. Madero. El militar, cuando ya estaba briago, soltaba frases como: "¡Imagínense! El muy pendejo cree que puede arreglar las dificultades del país con métodos espiritistas". —El doctor tragaba saliva antes de continuar con su relato. Se le notaba el rostro compungido al traer del olvido las expresiones de su compadre—. Las consignas estaban atiborradas de insultos para el presidente más demócrata que ha existido en México y se resumían en que aquí, en esta tierra de "incapaces", se necesitaba mano dura, algo que le hiciera saber al pueblo que con el presidente nadie se mete.

Madero no representaba ni por mucho esa figura. La aguardentosa voz de su compadre se deslizaba por sus recuerdos. Lo veía con claridad luego de tomar de golpe su coñac, carraspear y limpiarse la orilla de la boca con el dedo índice y el pulgar. "El chaparro es presa fácil, lo difícil será quitar del camino a su hermano Gustavo". El borracho tenía la razón. El menor de los Madero ya se las olía que don Victoriano era un traidor a la democracia, por la cual padecieron y lucharon tanto tiempo.

—¡Ya lo vido como todo el mundo sabía lo disgraciado perro que era Huerta! —liberó extasiado el campesino.

—¡Aún no termino! —se exasperó el dandi—. Por alguna razón que todavía no comprendo, Gustavo aceptó la invitación a comer de mi compadre. Me imagino que para dejarle las cosas claras. Pobre infeliz, no sabía la que le esperaba...

El 18 de febrero, Huerta y Gustavo A. Madero quedaron de verse para almorzar en el mismo restaurante. Urrutia estaba a unas cuantas mesas de distancia. Supuso que su fama de gran médico había traído a su mesa a una chica que era dueña de una inusual belleza, poseedora de una mirada tan cautivadora que haría pensar a los más persignados que se trataba de una meretriz del diablo. Se apareció con una sonrisa que movió todo su interior y no pudo negarle la vista. Su hermosura despertó sus instintos y fue cosa de segundos para que lo acompañara. Estaba muy nervioso, no solo por la mujer, también por el encuentro entre Huerta y el hermano del presidente, así que aceptó invitarle la comida, pero le pidió que se callara unos minutos para que pudiera escuchar la plática de los dos personajes. Sabía que esa reunión era importante, mas no se imaginaba que ahí se estaba definiendo el futuro de la patria. Gustavo se veía molesto; en el fondo sabía que compartía el pan con un judas. Mientras el demócrata hablaba con seriedad, su compadre, con un cinismo que indignaba, soltaba juguetonas muecas y cerraba su teatro diciéndole que debía confiar en él así como lo hacía su hermano mayor. Un hombre interrumpió la comida y le secreteó algo a Huerta. Al notar el extraño movimiento, en su mesa, la bella mujer le advirtió: "Esto se puede poner feo". Muy molesto la reprendió: "¡No hables de lo que no sabes!". El chacal se levantó y le dijo al Ojo Parado que debía entregarle su pistola. El ofensivo mote se debía a que Gustavo solo tenía un ojo bueno, el otro era de vidrio. Huerta iba desarmado ese día, con varios de sus hombres resguardándolo, pero sin armas, cosa rarísima en él. Eso hizo que el menor de los Madero, en un acto muy inocente, le entregara el revólver, un poco para que viera que no le temía y otro tanto...

—¡La verdad no sé por qué demonios se la dio! —torció la boca, abatido.

—Se hubiera quedado con la fusca, ¿o no, dotor? —inquirió el campesino.

—La verdad, sí.

El usurpador se regocijó por dentro, como una paciente alimaña a punto de devorar a su presa; supo esperar su turno y abandonó la mesa. Se despidió sin muchos aspavientos y salió aprisa del lugar. Esa era la señal para que un puñado de soldados huertistas entraran al restaurante tomando prisionero al hermano del presidente. La preciosa mujer cogió de la mano al médico: "¡Ayúdalo, por favor!". La despreció: "No, no es mi problema". Se levantó de la mesa aturdida; cuando dijo adiós, de su boca salió un aliento putrefacto.

—Me sentí aliviado de que el pago no fuera un beso.

—¡Ay, los hombres! Todos son igual de calientes —aseguró la mujer de edad.

—Bueno, bueno, y entonces, ¿qué pasó? —cuestionó interesado Vicente.

—Al otro día —continuó el galeno— llegué al mismo restaurante. En el ambiente había mucho revuelo. No le di importancia y me dispuse a tomar mi desayuno.

Iba a saborear el primer bocado de unas deliciosas enchiladas de mole cuando apareció la mujer del día anterior. Se veía turbada. Aureliano le sonrió: "No me digas que quieres que te invite otra vez...". Respondió con los ojos bien abiertos: "¿No se quiere enterar de todo lo que está pasando?". De nuevo, su aliento hediondo voló hasta incrustarse en sus fosas nasales. Intrigado, reviró: "Siéntate y dime lo que sabes". Obedeció, y como si un resentido social le lanzara ácido quemando su rostro, su cara se descompuso cuando gritó llena de angustia: "¡Te dije que lo ayudaras!". Lo que alteró al restaurante entero y provocó que los otros comensales dirigieran sus miradas hacia su mesa. La tomó con fuerza del brazo: "¿De qué hablas?". Componiendo un poco la postura, la cuestionó entre dientes: "Dime de qué estás hablando o lárgate de aquí". La hermosa mujer no podía arrancar de su memoria la zozobra y le repetía: "Te dije que lo ayudaras y no quisiste". Desconcertado porque la chica tuviera ese tipo de información, le pidió todos los detalles de lo que ya se imaginaba. Ella afirmó entristecida: "No es justo, era un buen hombre". Invitándola a sentarse con la mirada, le recomendó con amabilidad: "Si quieres comer, cuéntamelo todo".

Como si esas últimas palabras fueran un conjuro, hicieron que, inesperadamente, se mostrara en la chinampa la visión de la guapa mujer del cuento. Todos saltaron como chapulines en comal ardiente ante su aparición. Su presencia le hizo revivir al galeno todo lo sucedido.

—¿Para qué quieres saber? Si ya no tiene remedio.

—A mí me puede servir la información que tienes, así que ¡habla o lárgate!

—Está bien —respondió el espíritu—. Yo trabajo en las afueras del cuartel de la Ciudadela. Ahí se llevaron a don Gustavo. Al verlo esposado, me metí al edificio sin que se dieran cuenta, pues hasta los que hacían guardia en la puerta principal querían saber qué le iban a hacer. La verdad me arrepentí, fue horrible.

Igual que una vela que arde durante toda la noche, su rostro se derretía de pena. Las palabras que salían de su boca eran tan apestosas que el cirujano borró de tajo todas las imágenes atractivas de la joven en su cabeza. La narración era tan real que no podía mantener la dicción. Trató de calmarla.

—Respira y dime qué sucedió.

—Lo maltrataban de una manera que... Son unos miserables.

No solo lo golpeaban, sino que a cada paso que daba, lo insultaban, le escupían; parecía que se montaba una obra sobre los últimos momentos de Jesucristo. Fue injuriado y atormentado por un grupo de hambrientos diablos que, a puntapiés y cachetadas, lo traían de un lado a otro del cuartel hasta llevarlo al patio central, el que se encuentra en la salida del edificio con la estatua de Morelos, al centro del jardín de la plaza. En medio de un mar de lágrimas, su voz lanzaba palabras que dejaban heridas imborrables, como ardientes latigazos en una espalda desnuda. Su rostro herido y deforme y sus finos ropajes, que ya no eran más que harapos, estaban tintos en sangre. El pobre gritaba como un demente que lo dejaran en paz. Buscando piedad, les ofreció dinero.

»Algunos se quedaron pensando si sería bueno parar el tormento para ver qué le podían sacar; empero, uno de los militares, de apellido Melgarejo, al darse cuenta de que sus compañeros estudiaban el ofrecimiento, tomó su bayoneta y le sacó el único ojo bueno que le quedaba. Gritó con desasosiego ante el violento robo de su luz. Tan lleno de dolor fue el alarido que los soldados, la mayoría jovencitos, retrocedieron abrumados. No pasó mucho tiempo cuando un lucifer vestido de verde olivo se carcajeó haciendo que todos pasaran del horror a la hilaridad. El atormentado se arrastraba como un gusano ciego y pisoteado por un bosque saturado de maldad. Hecho una piltrafa recibía cualquier cantidad de improperios sin sentido: "¡Llorón! Mírenlo, chilla como vieja".

»Esas raquíticas frases eran las que escupían por el hocico esas bestias sedientas de sangre. Por fin, Gustavo abandonó el edificio a gatas. Su arrastre lo llevó a los pies de la estatua de Morelos. Alargaba sus brazos, como pidiéndole ayuda al héroe petrificado, que de haber tenido vida, hubiera parado esa masacre y castigado a los trastornados centinelas que la llevaban a cabo. Pretendía levantarse, no encontraba el pilar que sostenía la imagen del caudillo que era testigo mudo del martirio de un hombre honesto. Era tal su calvario que, de la puerta del cuartel, escuchó la paradoja que endulzó su oído: "¡Mátenlo!". Más de veinte fusiles descargaron su fuego sobre el que ya no era más que un muerto viviente que tuvo la osadía de enfrentar a Victoriano Huerta y llamarlo traidor en su propia cara.

»Su suplicio no terminó ahí. Uno de los asesinos se acercó, puso su pistola en la frente y le dio el tiro de gracia, como si esa fanfarronada hubiera hecho falta. Era tanta la ponzoña en el alma de los agresores que le cercenaron algunos órganos y juguetearon con ellos. Las dantescas bromas iban y venían, saludando a lo lejos con el brazo arrancado o buscando que les diera un apretón de manos. Abandonaron su cruel juego y dejaron que el cadáver se empezara a pudrir. Lo enterraron por la mañana en el patio. Antes de depositarlo en esa cruel morada, le robaron las pertenencias más valiosas que llevaba consigo.

—Una verdadera pena, era un auténtico patriota y un gran ser humano.

Esta frase fue lo último que escucharon de la aparición en la chinampa, pues cambió su bello aspecto por el de Victoriano Huerta, que ahora era quien hablaba con Urrutia. La transformación enloqueció a todos, pero a pesar del terror que sentían, no abandonaban el chisme de los pasajes de la vida del catrín. Ahí, de primera mano, se enteraron de la charla que sostuvieron ambos personajes. En la plática, Huerta desembuchaba lo que les esperaba a Madero y Pino Suárez, a quienes tenía prisioneros y les había prometido un salvoconducto para que abandonaran el país: "¡Ya parece que voy a dejar vivos a ese par pendejos! Nomás que me firmen su renuncia y se los carga la chingada".

—¡Doctor, usted, tenía que haber hecho algo! —reclamó Luisa.

La queja distrajo a Aureliano, dejando a su fantasmagórico compadre hablando solo que, como no tuvo más la atención del potentado, se perdió en medio de la noche. El caballero habló hecho un remolino de espanto.

—Tú no conoces a Huerta —trató de justificarse—. Además, me aseguró que si cerraba la boca me daría dinero y poder.

—¡Pus luego! ¿No era rico ya? —se indignó el cultivador.

—Una cosa es tener dinero, otra es tener poder. Por esto último acepté. Y con esa decisión he sufrido mi penar hasta el día de hoy. El día que me enteré de la muerte de Madero y Pino Suárez, sentí una tremenda pena.

Ambos eran buenas personas y querían lo mejor para el país, pero algo dentro de él no le permitía decir lo que sabía. Decidió no avisar a la policía, de nada hubiera servido; era un pleito entre militares. También pensó que podía darle parte al único general del ejército que aún estaban con Madero: Felipe Ángeles. Luego se enteró de que, por su lealtad, también se encontraba bajo arresto en el Palacio Nacional y, solo por ser un hombre de armas, escapó de la muerte. Urrutia era un buen hombre; su conciencia no lo dejaba tranquilo. Un impulsivo valor patriótico lo animó y fue adonde se resguardaban los milicianos. En el camino pensó que su confesión lo haría cómplice y su declaración lo convertiría de inmediato en cadáver. Sus pasos se calmaron a unos cuantos metros del cuartel. Así como las aves huyen del frío en invierno buscando un caluroso hogar, él emprendió el regreso a casa. Cuando trataba de borrar el asunto de sus pensamientos, sus pasos se cruzaron con una enorme nube de niebla y con ella, la mujer que le suplicó que ayudara a Gustavo Madero. Su presencia lo alteró. Su rostro, antes angelical, ahora era monstruoso e iba directo a castigarlo por su cobardía. Asustado, trató de correr. Todo resultaba inútil, pues por cualquier ruta que tomaba siempre se mostraba frente a sus ojos, gustosa por verlo sufrir. Y mientras huía entre las enredosas calles del centro de la Ciudad de México, como una rata de laboratorio en un laberinto diseñado para caer en las fauces de una serpiente, alcanzaba a escuchar los gritos que lo amenazaban: "No podrás escapar de tu destino. Pronto conocerás el odio y con él vendrá el dolor". En un instante, la nube de niebla se esfumó.

—Cuando pude ver con claridad, ya estaba en la oficina de mi compadre.

Sorprendido, cayó en cuenta de que el chacal era el nuevo presidente de México. El usurpador le ordenó cazar y capturar a los dos hombres más peligrosos que tenía como oposición. Aquel par de desgraciados que habían cavado sus tumbas sin saberlo, llevaban los nombres de Serapio Rendón y Belisario Domínguez.

—Desde el inicio de la charla algo andaba mal y no me negué a seguir en ella.

—Entonces, ¿usted los mató? —intrigó el macho.

—El día que murió Serapio Rendón, di la orden a algunos hombres para que lo capturaran.

En las inmediaciones de la casa de la víctima ya lo esperaba un automóvil de la policía. Cuando el diputado Rendón se acercó al auto, varios oficiales y detectives de la gendarmería lo subieron a la fuerza para llevarlo a un cuartel en Tlalnepantla, donde lo encerraron en un calabozo. Era de madrugada cuando Urrutia estaba por entrar al cuartel. Al mismo tiempo, en su celda, Rendón escribía una carta de despedida para su familia. Como en una escena del viejo oeste, se escucharon varios disparos y, después, un silencio lastimoso. Don Aureliano corrió al lugar donde se abrió fuego. Ahí estaba ella, con su vestido blanco, su pelo negro y largo, anunciándole con una rancia sonrisa de oreja a oreja, una nueva injusticia. Actuaba burlona, imitando a un vaquero que dispara y termina su obra soplando sobre el cañón del arma para quitar los restos de pólvora quemada en forma de humo. Eso le enchinó el cuero. En el suelo yacía el cuerpo de Serapio Rendón con varios balazos en la espalda.

—¡Juro por Dios que no deseaba su muerte!

—Doctor, en su historia hay cuatro muertos y ninguno fue su víctima —lo calmaba Luisa.

—Lo sé, pero no hice nada para evitarlo.

—Eso sí. Tanto peca el que mata la vaca como el que le agarra la pata —vaciló la vieja.

—¿Pos qué podía hacer, asté? —se quejaba el mugroso, mientras se rascaba la nuca.

—No lo sé. Soy un doctor, se supone que vine al mundo a salvar vidas.

—No pus eso qué ni qué.

—Tranquilícese, señor Urrutia. Usted no los mató —lo reconfortaba Vicente.

—Tal vez a ellos no, ¿pero a Belisario Domínguez?

Con la interrogante, se estrelló en el agua un rayo que iluminó toda la chinampa. De lo profundo de la laguna, brotó la mujer sin ojos. Se acercó a su esbirro vestido de militar y le secreteó algo que hizo que su mayordomo se carcajeara. Con su jeta podrida y satisfecha por la orden recibida, fue tras el médico que no opuso resistencia. Lo agarró con furia, entre la nuca y el morrillo, e hizo que se hincara frente a su patrona, que le ordenó soltando un grito:

—¡Habla de una vez! ¡Diles quién eres en realidad!

En la cara de Urrutia se apreciaba el asco que le ocasionaba el fétido aliento que soltaba el monstruo. El doctor la miró de frente, aunque con respeto.

—Está bien, señora. Lo haré.

Satisfecha, hundió su cuerpo en la laguna y la luz se apagó, dejando que el militar se hiciera cargo de la situación. Muy a su pesar, se escuchó alto y claro la voz del galeno.

—El senador Belisario Domínguez era un hombre recto que se oponía a la usurpación de mi compadre...

Siempre hablaba de la importancia de la libertad de expresión. Eso, y sus renuentes ataques a Huerta, hicieron explotar al chacal. Un maldito día llamó a su oficina a Aureliano. Cuando llegó, olía más a una cantina que al despacho de un presidente. El borracho balbuceaba que había que ponerle un alto a ese "hablador". Bien sabía que el chiapaneco y Aureliano habían tenido algunos altercados donde el primero señalaba al segundo de vender su silencio tras la muerte de Madero y Pino Suárez. Bebido hasta las manitas, le dio la orden de callar esas acusaciones. Luego de su mandato, cayó desmayado de tanto alcohol que había tomado.

—¿Tons, usté...? —deseó conocer la verdad Julián.

—La noche del siete de octubre de 1913 fui con varios hombres a sacar de la habitación de su hotel al senador Domínguez. Lo llevamos a punta de golpes al cementerio de Xoco, al llegar ahí...

—Se lo echaron —resonó taladrante la insensatez del agricultor.

Cansado de que se interpusieran en su testimonio, subió la voz, con un rostro que empezaba a perderse en la narrativa. Sus ojos iban y venían, su boca babeaba; mientras, el desfigurado militar disfrutaba de esas diabólicas muecas. El acaudalado se compuso y continuó con su terrible declaración.

—¿Matarlo? Eso era lo que pensaba hacer, acabar rápido con su vida. Pero no sé por qué no podía terminar con lo que me había ordenado el presidente de un balazo.

Algo en su ser lo hizo sentir una rabia tremenda y se dio cuenta de que todavía no quería asesinarlo, gozaba cuando lo golpeaban y su mente le repetía que ese hablador debía de sufrir mucho más. Enloquecido, les ordenó a los hombres que iban con él que lo subieran al auto, seguirían el tormento en su clínica.

Lleno de ira, en la chinampa, se acercó al deforme militar. Lo tomó del cuello. Al sentir la mano del doctor en su cuerpo sin vida, miles de cucarachas salieron de la mitad del organismo que no tenía piel encima y huyeron despavoridas. El catrín mandó al carajo todos sus buenos modales y, como si fuera un reconocido histrión, utilizó a aquel adefesio como parte de su narración, así, le quedaría muy claro a todos, lo que le hizo a su presa.

—El pobre hombre no tenía escapatoria...

Ya en el hospital, lo desnudaron y golpearon hasta que se cansaron. Para demostrarle quien mandaba, exigió que lo pusieran bocabajo y hundieron su cuerpo en un barril de agua helada. Le gritaba: "¿Quieres hablar? ¡Allá abajo hazlo! A ver, ¿quién jodidos escucha tus denuncias?". Los matones que lo acompañaban obedecían al pie de la letra sus designios. Uno de ellos dijo que ya no aguantaría tanto castigo e invitó al doctor a terminar la sanguinaria tarea; sin embargo, era por todos conocida la conspiración para derrocar a Huerta de la presidencia de la república y el senador Domínguez era uno de los principales sospechosos, así que lo hicieron testificar.

—Si no estaban en un juicio —pujó Vicente.

—Claro que no. Lo hicimos testificar a la romana.

—¿Cómo es eso?

En la antigua Roma, cuando alguien era sospechoso de algún crimen, se le citaba para que diera su versión de los hechos. El interrogado debía apretar sus testículos con la mano derecha en símbolo de que estaba diciendo la verdad. Como un experto torturador, el matasanos martirizaba al militar apretándole sus partes nobles y continuó atormentándolo hasta terminar su horrible historia.

—En el caso del senador, le sugerimos de manera amigable que se estrujara los testículos, mientras que nos juraba que no era él quien quería tumbar a Huerta de la presidencia.

Lo hizo con mucha valentía hasta que se desvaneció por el agudo dolor. Lo levantaron con jalones de pelo, aún no tenían su respuesta. Cuando volvió en sí, estaba sentado y amarrado a una silla. Don Aureliano se acercó a su rostro, todavía colorado por el esfuerzo de apretujarse los güevos. Lo miró fijo a los ojos, estaban rojizos e hinchados, preguntó si seguiría con su estúpido discurso sobre la libertad de expresión y su exigencia de que Huerta renunciara al cargo. Con sus últimas fuerzas, el chiapaneco escupió sobre su cara.

—Poseído por una rabia maldita, saqué mi bisturí y le corté la lengua. Lo hice lento para que supiera que nadie me faltaba al respeto. Fue tan bueno mi corte que no murió, solo se desmayó.

Gargajeando sangre de la boca, desnudo, atado de pies y manos, los gendarmes lo regresaron al cementerio de Xoco para matarlo a golpes. Mientras lo liquidaban, Urrutia recogía del suelo la poderosa arma que desgració la vida del senador Domínguez: su lengua. La depositó en un frasco de formol. Llamó a un niño que pasaba por la calle, puso cinco pesos en la bolsa de su pantalón; al ver la cantidad no se pudo negar: "Llévate esto como de rayo a Palacio. Di que tienes un mensaje que darle en persona al general Huerta. Una vez en su presencia, dile que el doctor Aureliano Urrutia es un hombre de palabra y espera que el señor presidente también lo sea". El escuincle partió en una bicicleta que era del mensajero de la clínica. El médico lo vio marcharse, entró en el sanatorio satisfecho por el deber cumplido. Fue entonces cuando la mujer apareció. Como antes, sonrió malévola. Cambió su miserable felicidad por un rostro compungido lleno de pucheros y lloraba sangre por los ojos que, en un santiamén, se le fueron para atrás, dejándole dos boquetes en la cara.

—Segundos después, se largó con su tristeza, dejándome con la mía. Me había convertido en un asesino.

—Es usted despreciable —recriminó la muchachita.

—Solo soy un demonio de sus caprichos.

Cayó de rodillas y, llorando, aulló hacia el cielo.

—¡Dios mío, perdóname! ¿Qué he hecho? Pero no... ¡Juro que no fui yo! ¡Fue ella quien me obligó a hacer esas atrocidades!

Fue atacado por los sirvientes de la asquerosa dama que, una vez más, surgió de la laguna. Caminó con suavidad sobre el agua, aproximándose a Aureliano, que no podía detener el temblor de su cuerpo. Paró su andar a centímetros del miedoso, le entregó su bastón y puso el bombín sobre su cabeza, el mismo que había perdido en su narración. Lo tomó de los hombros y ordenó a sus lacayos del mal:

—¡Llévenselo! ¡Es un asesino, un carnicero!

Como un esclavo fatigado, lo arrastraron hasta el primer ataúd y lo introdujeron en él de un empellón. No sabía qué era lo que sucedía hasta que el desfigurado marcial le quitó su bisturí, única pieza de su instrumental que cargaba en sus ropas desde aquel inolvidable día que se transformó en un demonio. Se lo enterró en el corazón y cerró el pórtico del féretro para que el doctor al fin pudiera descansar. Apenas se selló la caja, del suelo salieron miles de insectos que grabaron en la madera del ataúd un bisturí y una lengua. Todos los presentes quedaron mudos. La mujer endemoniada inhaló profundo.

—Siento en sus almas miedo. Eso me gusta mucho. ¡Esto aún no termina!

Se carcajeó y movió sus dedos con gracia, despidiéndose de los cautivos, hundiendo su pútrido organismo en la laguna.

VI

¿QUÉ
HICISTE?

Con el eterno enclaustro de Urrutia, la noche cayó con todo su peso sobre la chinampa. Era tal la penumbra que ninguno de los cautivos se alcanzaba a ver la punta de la nariz. La neblina en los canales era muy densa y la luna asomaba su mirada cautelosa detrás de un banco de nubes negras. Se escuchaba el desafinado solfeo de unos cuantos grillos que ponía más tenso el momento. Vicente se acercó a Luisa, la amarró entre sus brazos, besó su frente y le susurró con cierto cariño:

—Todo esto pronto va a terminar.

Ni un segundo había pasado del cariñoso mimo, cuando se escuchó el quejido que les aflojaba las piernas.

—¡Aaaaaaayyy!

El lamento tuvo más enojo que en ocasiones anteriores. El diablo vestido de mujer salió del agua y, en instantes, se puso frente a la chamaca, que se desplomó al sentirla tan cerca. La jaló de los brazos y arrastró su cuerpo, haciéndola ver como una serpiente herida que huye de un hambriento aguilucho listo para devorarla. Aturdida, intentaba zafarse. El monstruo la reprimía como lo haría una violenta madre a una hija que le prohíbe ver al novio.

—¿Qué no entiendes que ustedes no deben estar juntos?

—¡Suéltame!

—No te dejes engañar.

—Sé tu historia y crees que el amor no existe, pero él y yo sí nos amamos.

—¿En serio piensas que te ama? Míralo.

El muy cobarde corría hacia el lado contrario. La endemoniada soltó a la chamaca y fue sobre él. Lo alcanzó, tomó con violencia sus cabellos y, después de unos cuantos jalones, lo derramó al piso. Él sacó su navaja amenazándola. La mujer sin ojos rio en medio de un gesto espeluznante. Con lentitud, acercó su feo rostro al del macho y dio un lengüetazo a sus mejillas. Sintió lo áspero de su lengua y, para quitársela de encima, le enterró la navaja en el vientre. Con el filo incrustado, dio dos pasos hacia atrás, al mismo tiempo se escucharon los chillidos de un tierno bebé. El ánima tomó con tiento su barriga, quejándose con profundo dolor. Vicente supuso que había acabado con ella. Y como si el pecado fuera placer, la acuchillada pasó del dolor a la dicha, sonrió sin sentir ni una sola congoja. Dirigió sus amenazantes pasos hacia el macho que, desesperado, remolcaba como podía su cuerpo para escapar. Sus lentas pisadas lo apabullaban hasta llevarlo a la orilla de la chinampa. Deseaba gritar, correr, volar; sin embargo, su cuerpo permanecía engarrotado. El sudor caía de su frente como si hubieran abierto la llave de una fuente. La matrona de la chinampa maldita extrajo la navaja de su vientre. Ni gota de sangre detentaba el puñal que salió con un color negruzco. Lamió la daga hasta que le sustrajo la oscura coloración de todo el metal. Con el cuchillo limpio, cortó la palma de su pálida mano; se carcajeaba viendo su sangre morada caer al piso. El asqueroso líquido amoratado fue a parar a la jeta del galán cuando lo acarició con ternura.

—No te preocupes, todo va a terminar, pero antes...

De pronto, como si algo la llamara al agua, se hundió en el canal y una nueva oscuridad los cegó. Nunca se sintió más solo. Un ruido entre la maleza hizo explotar sus nervios.

—Luisa, ¿eres tú?

—Vicente, amor, ¿dónde estás?

Se sintió perdida. Su corazón bombeaba desenfrenado, casi a punto de estallar. Ese temor que la poseía, era el mismo que la hacía no rendirse hasta encontrar a su hombre.

—¡Vicente, no me dejes aquí, tengo mucho miedo!

—¡Luisa! ¿Dónde estás que no te veo?

—Aquí estoy, amor. ¡Ven, ayúdame, por favor!

A la lejanía, escuchaba la voz de su donjuán que no opacaba su búsqueda.

—¡Luisa! ¡Luisa! ¡Julián! ¡Tía Albina!

—¿Hay alguien todavía en la chinampa o se los llevó la Llorona? —articuló con malicia la señora.

—Tía Albina, ¿dónde está? No la veo —gritaba con locura la muchacha.

En medio del crepúsculo, la tomaron del brazo y le taparon la boca. Se le fue el alma del cuerpo al sentirse capturada.

—¡Cállate! Soy yo —la tranquilizó Albina—. ¿Estás bien?

—Sí, pero la Llorona atacó a Vicente y lo escuchó a lo lejos, tal vez...

—Creo que es tiempo de que te olvides de ese mequetrefe —la interrumpió enérgica—. No me imagino cómo alguien tan linda como tú terminó con ese macho.

—¡Ay, doña! No siempre fue así.

Cuando se trataba de su príncipe, algo le calcinaba el corazón y no le permitía emanciparse de la voluntad de ese canalla. La vestida de negro notó la cara de vaca parturienta que tenía al nombrarlo; aunque también percibió dolor en la chica y supuso que sería bueno que se desahogara. Bastó una pregunta para que se descosiera de adoración por el botarate que se dedicaba a lastimarla a placer.

—¿Y cómo fue que te enamoraste de él?

—Creo que Dios me lo mandó. Ese día, un tarado me dejó plantada. Él se despedía de otra mujer, que, me aseguró, era su prima y al verme tan triste vino a consolarme.

—¡Uy, niña! No cabe duda de que las hay, las hay.

—Su voz me hipnotizó.

Sus ojos se extraviaron en el cielo, olvidándose por un instante de su presencia en esa prisión infernal. No había duda alguna de que Vicente era el dueño del saqueo que sufría su corazón. El saludo que le regaló aquella lejana tarde fue tan peculiar que puso a vibrar su cuerpo. Lo blanco de su cara y lo calculadora de su mirada helaron su organismo, curando la herida por ser plantada por un imbécil más. El muy sinvergüenza le trajo una paz instantánea. Parodiando el actuar de un noble caballero, le preguntó si necesitaba algo. Envenenada con su coquetería, se rindió ante sus labios color pitahaya, su pecho amplio, de esos donde se cabe completa cuando se abraza con cariño. Era gracioso y encantador. Cada cosa que le decía aparentaba brotar de un antiguo almanaque de aventuras, donde él era el héroe que rescataba a una princesa en peligro.

—¡Ay, doñita, no sabe cómo deseaba ser una de ellas! —suspiraba con emoción.

Aseguraba que el destino, ese travieso camino que uno no puede evitar en las decisiones más importantes de la vida, los había reunido. Hablaba sin parar, igual que una fanática, rezando hincada y perdiendo la mirada frente a un altar de un milagroso santo. Con los ojos arrojados en la nada, no se le escapaban los pormenores de su primer encuentro.

—Si usted hubiera visto cómo me tocaba.

Su cuerpo se sacudía cuando evocaba aquella pasión. No perdía detalle de ese delirio carnal. Añoraba cómo la arrullaba con sus manos llenas de fuego, al grado que, el placer que sentía era intolerable y disparaba divinos aguaceros de satisfacción. Se imaginaba entre sus largas piernas, sometida por sus fuertes brazos que la corrompían en una explosión de dicha. Era como perderse en un divino vergel donde podía ser ella misma, con sus fantasías y perversiones, sin tener que dar razón a nadie de lo que experimentaba, atendiendo las órdenes de sus besos, mientras el alma se le dinamitaba con excelso júbilo. Segundos después, el torrente se detenía en medio de calambres de regocijo. Luego de tanto sentir, canjeaba el amor por veneración y, cuando abría los ojos, él estaba ahí, de frente, encima de ella, gozando, con los músculos tan tensos que imaginaba que en cualquier momento se quebraría.

—¡Y se veía tan hermoso! A veces quisiera arrancar esa imagen de mi memoria.

Hasta la longeva mujer suspiró con el recuerdo. Recuperando el aliento, le dijo algo derretida:

—¿Por qué, pequeña? Todo se escucha tan perfecto.

—De un tiempo acá, se le ha quitado lo divertido, se convirtió en un mueble más.

Echaba de menos la fascinación de tener su cuerpo encima. Cuando la visitaba, no hablaba, únicamente se encamaban como un depravado y una ramera, dejando la pasión y el gozo en el cajón del buró, para luego largarse sin ni siquiera otorgarle el más gélido beso de despedida. Su cuerpo, que en un tiempo fue un campo fértil donde recibía sus más impetuosas semillas que florecían en medio de impulsivos amoríos, se transformó en un páramo olvidado que secaba su alma con su desinterés. Su mente nunca volvió a volar a otros mundos; sin embargo, su esencia, con mucho lamento, no dejaba de sentir.

—Creo que tu alma está neceando.

—No le entiendo.

—Ya sabes qué es lo que dicen de los problemas del amor.

—¿Qué dicen, doña?

—El fuego que arde en el corazón puede calcinar tu ser cuando tu cariño no es correspondido.

La chamaca se quedó pensativa hasta que brincó asustada; pues el cielo tronó con violencia. No lo hizo con centellas, sino con un sollozo y el llanto del maldito espectro que la había dejado desahogarse un poco. Albina gritó intrigada:

—¿Hay alguien más en la chinampa? Está muy oscuro. Yo estoy con la niña.

—Acá ando —bramaba el campesino—, y, ansina como asté, no deviso nada.

—Yo tampoco —aseguró Vicente.

—Lo importante es que siguen aquí —parloteó al aire la señora.

—¡Por favor, ayúdenme, tengo mucho miedo! —suplicó la trigueñita.

—¡Cálmate, ya va a pasar! —la consoló su hombre.

Escucharlo era como un fantástico remedio que la apaciguaba. La tranquilidad que sintió duró solo unos instantes. Una rápida neblina corría por la chinampa con otro retumbante aullido.

—¡Aaaaayyyyy!

El clamor vino acompañado de una ráfaga que los iluminó. Esa centella les permitió agruparse. Ahí seguían los cuatro féretros. Uno cerrado, el de Urrutia, los otros aún abiertos, y sus portezuelas se azotaban con el agresivo soplar del viento.

—¡Amor! Otra vez es ella. Tengo mucho miedo, hay que salir de aquí.

—¡Ay, Luisa! —respondió enfurecido—. No cabe duda de que eres un genio. Claro que hay que escapar, el problema es, ¿cómo demonios lo hacemos?

—Precisamente eso nos tiene aquí —aseveró Albina.

—¿Qué cosa? —preguntó la joven.

—Los demonios. Si estamos atrapados es porque algo debemos.

—Yo no he hecho nada malo —expuso, a punto de estallar en llanto, el macho.

—A lo mejor no te acuerdas —dudó el agricultor, con una risa de loco.

—O peor aún, ni siquiera lo sabes —cerró la idea la señora del paliacate en la cabeza.

El patán se desencajó y meneaba su cabello igual que un literato que no encuentra el inspirado final de una obra magistral.

—¡Cállese, vieja loca! Usted ni siquiera me conoce.

Descarriado en una rabia incontrolable, se abalanzó contra su enamorada.

—Fuiste tú, ¿verdad? A ver, ¿qué carajos hiciste para que esté atrapado aquí? ¡Dime!

Trataba de defenderse del desalmado que la jaloneaba con saña.

—¡Me estás lastimando! No hice nada, te lo juro.

—A lo mejor, como dice la vieja esta, ni siquiera lo sabes. Siempre supe que me traerías problemas. Eres solo un bulto, un mal chiste y también mi maldición.

Los ojos de la escuincla se embargaron de tristeza, estaba ensortijada entre su encanto y su desprecio. Hurgaba, en su corazón, un espacio donde aterrizar esas palabras sin que se estrellaran y evitar que el impacto la reventara por dentro. Hincada frente a él y besándole las manos como si estuvieran hechas de un fino cristal que de un leve soplido se quebrarían, le confesó sin ningún resquemor:

—El único mal que te he hecho es amarte más que a mí misma.

Como cuando levantas algo que piensas que atesora algún valor y luego te das cuenta de que no goza de ninguno, el barbaján la arrojó al piso. Se alejó a unos pasos. Ligada a un disparate descomunal, se arrastró sujetándolo de los tobillos y besándole los pies.

—No me dejes, por favor. No sabría qué hacer sin ti. ¿Qué quieres que haga?

Dueño de la situación y también de la desdichada, zafó sus pies del aferrado abrazo.

—Nunca te pedí nada. Tú eres la que está obsesionada con esto... con nosotros. Que te quede claro. ¡Nunca ha existido un nosotros! Mira lo que hiciste, me trajiste a ver cara a cara a la Llorona.

—¡Amor, podemos con esto y más!

La vio por encima del hombro y, demostrando aún más su menosprecio, escupió muy cerca de ella. Se veía igual de lastimada que un querubín con la cabeza gacha y las alas rotas. Él se puso en cuclillas, levantó su cabeza con un leve jalón de greña y le advirtió que debía ser más lista, tocándose la sien repetidas veces con la punta de su dedo índice.

—¿Ves cómo sí estás loca? ¿Crees que podemos enfrentar a la Llorona?

Se irguió e intentó alejarse. Vilipendiada, arrastraba su cuerpo, buscando que no se fuera de su vida.

—Amor, claro que podemos salir de esta, tranquilízate.

Quitó sus pies del terco amarre. Se venció, dejándose caer sobre la hierba seca.

—¡Déjame en paz! Lo único que logras es que te desprecie más. Desde este momento no tengo nada que ver contigo.

Algo en su interior sintió que, al pronunciar esa frase, se le otorgaba una mágica licencia para escapar. Aprisa, se puso de pie y le hizo saber a la inmensa oscuridad.

—¿Escuchaste eso, Llorona? No tengo nada que ver con ella.

—No, amor, por favor. ¡Tengo mucho miedo, no me abandones!

Buscó el calor de su pecho para arroparse. Él la desdeñó. Peleó por estar entre sus brazos, no se separó por más que la rechazaba. Era una estampilla que no se podía despegar de su peludo torso. Enfurecido, la sacudió con un empellón.

—¡Suéltame, de una vez, si no quieres que te parta la...!

No pudo terminar la frase. Una voz que no se había escuchado en toda la noche, los dejó sordos.

—¡Basta!

VII

LADRÓN
DE VIDAS

Aquella voz que calmó la furia de Vicente hizo que detuviera sus agresiones a Luisa. Todos los cautivos se sentaron en la hierba seca, formando un círculo, abrumados por el terror; trataban de no sentirse tan solos en ese infierno. El adefesio con cabeza de maguey, al sentir el sosiego, comenzó a brincar como un alocado conejo de un sitio a otro, en busca de algo en el suelo. Escarbaba hoyos de varios tamaños, igual que un cazador de tesoros. Llevaba seis agujeros, sin ningún resultado. Cavó uno más, haciendo una montaña de tierra entre sus piernas, lo hizo tan veloz que el lodo rozaba sus nalgas. Al fin, chocó sus uñas con un artefacto bajo la tierra que sonaba igual que lo hace una madera martillada sin fuerza. Sin más barro que rascar, llegó a lo que buscaba. Los que estaban atrapados en la chinampa se levantaron y fueron a chismear; no tenían muy claro lo que sucedía, pero querían saber qué era lo que arañaba en las entrañas de ese averno.

—¡Te tengo! —exclamó con voz melosa el irregular personaje.

Extrajo un cofre. El fango no dejaba apreciar lo que en él habían dibujado. Lo limpió un poco. En la base del arcón se notaba la silueta de la mujer de ojeras sangrantes, tenía los brazos estirados. La figurilla no estaba sola. Frente a ella se veía otra; era humana, hincada, entregándole algo; no se observaba con claridad qué era eso que le daba. Pegados en la tapa del cofre, lucían diminutos dientes que iban de lado a lado. Al frente, tenía un herraje soldado de donde colgaba un poderoso candado. El cerrojo tenía la apariencia de un cráneo. El adefesio tomó la oxidada cerradura, la pulió un poco con un escupitajo y se dio cuenta de que estaba bien cerrada. La jaló tres veces con fuerza y no logró abrirlo. Tomó una piedra picuda, descansó la caja en otra roca y golpeaba el aparato. Nada lo abría. Rebuscaba en sus ropas la llave que lo abriera. Al no hallarla, volteó con perversidad hacia los cautivos. Sacó debajo de su camisa una pequeña jícara y le echó un poco de tierra, le escupió tres veces, con su largo dedo índice empezó a hacer una revoltura. Mientras mezclaba, reía con infamia. Terminó su mezcolanza y se percibió un delicioso aroma a pulque. El adefesio bebió un sorbo del pocillo y lengüeteó sus diminutos labios aprobando su delicioso sabor. Lo ofreció primero a la chamaca que, llena de asco, se negó; luego, visitó al galancete, también lo rechazó; siguió con la vieja y, con una mueca, le dijo que "ni loca" tomaba de su menjurje. Solo quedaba el agropecuario que rezaba en voz baja con los ojos bien cerrados.

—Por favor, que no venga pa'ca, te lo pido por piedad, Tata Dios.

El agave hechizado notó su ansiedad. Colocó la jícara debajo de su nariz y tentó a sus sentidos, cuando el campesino distinguió el exquisito bálsamo que escapaba del pocillo. Su cara se salpicó con perlas de sudor y sus labios temblaban como los de un enamorado que no puede contener el deseo de un beso. El engendro quiso calmar su nervio.

—¿Gustas un traguito, Julián?

El hombrecillo permitió que la luz bañara sus ojos. Su antojo por saborear el brebaje era alucinante, tanto que se hincó y volteó la cara para no olfatear su perfume; muy en el fondo de su alma sabía que resistirse no era una opción. Subió las manos para recibir la jícara que contenía el repugnante coctel. Casi la tenía en su poder, cuando el perverso agave se la quitó jugueteando con su codicia.

—No, mi querido sembrador, esto no puede ser así de fácil. Primero debes entregármela.

—No sé de qué hablas.

—¡Sí que lo sabes, verdulero!

Su mirada se cristalizó, se levantó, dio media vuelta huyendo de ese delicioso aroma a pulque. El deforme no dejaba de insistirle sobre la llave. Algo dentro de sí no le permitía dejar de apretar los puños, como si esa ridícula expresión le pudiera dar la fuerza suficiente para no oler aquella fragancia que regalaba la tierra y que lo enviaba al paraíso. El ser maligno preparó su embate final. Como un chef de altos vuelos, metió uno de sus picudos dedos en la pequeña jícara para probar el exquisito sabor de la mezcla. Sacó una sola gota de pulque, la depositó con suavidad sobre el mostacho mal cortado y despeinado de Julián. No tuvo más remedio que relamerse los bigotes. Fue únicamente cuestión de degustar la gotita para que su espíritu se envenenara. El agave embrujado sonreía extasiado, actuando igual que un millonario que logra corromper a un pobre diablo con un gusto barato.

—¿Quieres más?

Julián ya estaba hincado en el suelo rogando por otro traguito, moviendo su cabeza de arriba abajo; actuaba como un mocoso consentido exigiendo un chocolate.

—Solo tienes que dármela.

—Debe haber otra forma —flaqueaba con lágrimas en los ojos.

—Ya lo sabes, me la entregas o este delicioso elixir se perderá para siempre.

—¡No seas gacho, no lo tires! Hago lo que quieras.

Se ensuciaba el cuerpo como una lombriz, rebajándose en el suelo tras el dueño del pulque.

—Seré tu fiel sirviente, pero eso que me pides... no puedo.

—¿Qué no te has dado cuenta? —rio el esperpento—. Ya eres mi esclavo.

—¡No puedo hacerlo! ¡Pensé que eso estaba bien enterrado en lo projundo del tiempo!

La pareja y la vieja intercambiaban miradas. El maguey poseído, harto de su negativa, iba a aventar la pequeña vasija. Solo así fue que su presión surtió efecto.

—¡No lo tires! ¡Aquí está! Írala, tenla, agárrala juerte.

Con mucho pesar, entregó la llave. El perverso agave aceptó gustoso la dádiva y le dio la jícara. De un trago, acabó con el pulque y, luego de darse cuenta de que lo habían engañado, se soltó a llorar. El maléfico maguey desató el conejo muerto que le colgaba del cuello. Para despertarlo, sujetó fuerte sus largas orejas e introdujo uno de sus puntiagudos dedos por el ano del animalito. El puntillazo lo revivió.

—Ve y dile a la señora que estamos listos. ¡Anda!

Entre rebote y gambeta, el orejón se perdió en uno de los extremos de la chinampa. El esperpento abrió el cofre. Lo primero que salió fue un olor tan fétido que casi hacía vomitar a los enamorados, a pesar de que estaban a una distancia considerable. La chica deseaba conocer el contenido y el garañón detener su fisgoneo. La mujer del paliacate lanzó otro de sus clásicos refranes.

—Niña, recuerda que la curiosidad mató al gato.

Como pudo se quitó las manos de su amante. Antes de llegar de frente al arcón, volteó a ver al verdulero que movía su testa de manera negativa. El adefesio abrió de par en par el cofre y se lo mostró. Luisa salió corriendo después de observar aquello que apestaba tanto y terminó vomitando cerca de un enorme árbol. Regurgitaba sangre y viscosidad como una enferma terminal.

—¿Qué traes ahí? —cuestionó Vicente.

—¿Quieres verlo? —respondió, con una sonrisa, el agave.

—Ni de chiste. ¿Me crees tan estúpido como ella? Julián, ¿qué hay en esa maldita caja?

Decía esto último mientras caminaba retando al campesino, que estaba ausente. Entonces, Albina le aconsejó al mujeriego:

—No te le acerques, está endemoniado.

La jovencita dejó de vomitar. Se limpiaba la sangre de la boca y se acercó a su hombre, que la rechazó con asco. De entre los árboles regresó el conejo que pegó un gran salto en busca de su amo. El agave tomó con una mano el cofre y con la otra al orejón, la liebre le susurró algo que le hizo mostrar su pila de dientes con maldad.

—¡Tengo excelentes noticias! Mi señora me ha permitido probar alimento nuevamente.

Del baúl, sacó diminutos corazones humanos. Algunos todavía colorados, otros amoratados y la mayoría negros, secos y podridos. Se los devoraba. Era tanto su apetito que inclinó la caja con dirección a su boca para beber hasta la última gota de sangre. Julián dejó de estar embrujado y se dio cuenta de que la caja había sido abierta y estaba vacía.

—¡Eres un maldito! ¿Cómo puedes gozar con esto?

—¡Ay, Julián! Ahora te das golpes de pecho.

Una ráfaga de viento y una densa niebla se allegaba a la chinampa desde uno de los canales. Luisa se guareció en los brazos de Vicente.

—¡No, por favor! ¡Otra vez no!

—No te apures, linda —la tranquilizó el agave—. Esta vez mi señora jugará con nosotros.

La niebla se seguía acercando. Al verla tan próxima, rio con desfachatez.

—¡Ahora sí, a gozar, porque esto es una fiesta!

Jaló una rama, haciendo caer de los árboles de toda la chinampa, un ejército de niños y niñas ahorcados; estaban tuertos, todos con una cicatriz en el pecho, como si alguien les hubiera sacado el corazón y luego zurcido el cuerpo. Aún no dejaban de sorprenderse con los pequeños colgados, cuando la niebla los envolvió. Una horrenda risa se escuchó. La chamaca sabía de quién se trataba; sin embargo, no se venció. Su adorable bribón también se mantuvo firme junto con Albina. El único que se arrodilló fue el campesino.

—¡Perdóname!

El viento respondió.

—No tengo nada que perdonarte.

El sembrador volteaba de un lado a otro para hablar de frente con el espíritu que no se mostraba.

—Tons, por favor, déjame en paz. Te lo pido por lo que más quieras.

—¿Por lo que más quiera? ¿Acaso te estás burlando de mí? —la voz se encolerizó.

—¿Cómo va usté a creer eso? Le juro por Diosito santo que se me salió, perdone su mercé.

La enojada voz que viajaba por el aire ya no contestó. El campesino vio a sus compañeros de suplicio con alteración. Caminaba muy apretado, dando pasos cortos y en círculos y mantenía la guardia arriba. Un espantoso zopilote sobrevolaba la chinampa. Planeó en forma descendente hasta llegar a tierra firme. Saltó juguetón y hambriento hacia los árboles de donde colgaban los niños. Extendió sus alas, levantó el vuelo, con la única intención de llegar a uno de los niñitos ahorcados. Aterrizó en la gruesa rama y caminó hasta encontrarse con la cuerda que sostenía el pútrido cuerpecillo. La picoteó varias veces, logrando que el cadáver cayera al piso. Emocionada, aleteó para disfrutar de una rica merienda. Le asestó un pinchazo que le abrió la pancita. De su pico colgaban los intestinos de la pequeña víctima. Julián, que se había mantenido petrificado, no aguantó más, y con un palo se abalanzó sobre el sanguinario pajarraco. Contrario a lo que uno pudiera pensar, el ave no se asustó. El sembrador se desgañitaba y manoteaba al aire para asustarlo, tratando de rescatar los restos del pobre nene. A pocos centímetros, le aventó la madera que llevaba como arma. Justo cuando iba a golpearlo, alzó el vuelo y, de detrás del árbol, salió la mujer sin ojos que detuvo el madero con facilidad. El labrador trató de contener su carrera y patinó en el fango. La mujer diablo lo agarró fortísimo de las muñecas.

—¡Tú sabes que lo que más quiero se casó con otra! Entonces, estúpido, ¿por qué me dices eso?

—No lo sé, disculpe.

—Que no se repita.

—¡Se lo juro, señora! ¡Por favor, déjeme en paz!

—Te dejaré tranquilo, solo si confiesas.

—No puedo. Yo no lo hice.

—¡Sabes que sí! ¡Confiesa!

Ese último grito creó un eco. El sonido iba y venía dentro del viento a una velocidad que dejaba sordo al cultivador. Los alaridos que escupía el ventarrón eran insoportables, por lo que el hombrecillo no pudo más.

—¡Está güeno! Voy a confesarlo todo, pero, por favor, váyase.

Al verlo vencido, la dama maldita hundió su pútrido cuerpo en la laguna. La muchacha se separó un poco de los otros dos y, con su acostumbrada curiosidad, trató de averiguar qué pecado atormentaba al hombrecillo.

—Julián, ¿qué hiciste?

—No te acerques, niña —advirtió Albina—, seguro fue algo terrible, si no, no vendría por él.

El galancete, en medio de la desesperanza, sacó la imagen de la Virgen de Guadalupe de la bolsa trasera de su pantalón e intentó entregársela al poseído.

—Si quieres... Es muy milagrosa, y si le rezas con fe, tú...

—¡Yo soy Julián Santana Barrera, nativo del barrio de la Asunción y confieso ser un demonio de la Llorona! —comenzó a descoser de su alma la dolorosa confesión que lo jorobaba—. Soy un simple campesino que recorría los canales, con mi cosecha lista para venderla.

—¿Qué vendías? —se interesó la chica.

Las mejores verduras que se sembraban en el Valle de México. Sobre todo unas deliciosas calabazas que lo habían vuelto muy famoso y su venta siempre dejaba buenos centavos para tomarse un pulquito en "Los cuates", una pulcata muy famosa por esos lares.

—Sí, tienes cara de que te encanta empinar el codo —bromeó la señora de negro.

—Ire nomás, como es la gente de inridosa. Me tomaba uno. Era un tipo de premio, sabe asté, lo hacía cuando me iba muy bien en la chamba.

Un buen día, al regresar a su casa, después de vender toda su mercancía, navegaba en su canoa. Cuando se acercaba a su chinampa, una espesa niebla no lo dejó mirar bien su jacalito. Lo que sí vio fue una sombra en la humareda.

—¿Era la Llorona? —cuestionó trémulo Vicente.

En Xochimilco todos crecen con su leyenda. Nunca imaginó que pudiera aparecérsele a alguien tan poca cosa como él, así que continuó hasta llegar a su casa.

—Entonces, ¿aquella sombra sí era la Llorona? —de nuevo se entrometió el macho.

—Ansina mesmo pensé, y, muy tarugo, desde de mi canoa empuñé mi machete y me bajé, decidido a pelear con el monstruo que había vivido en mis sueños desde niño.

—¿La enfrentaste? —la trigueñita se comía las uñas.

En el aire se dibujaba el momento exacto cuando un fuerte viento levantó la neblina en su camino y vio a una niña muy chula de unos cinco años; con los ojos llenos de ternura, titilaba. Tiró su machete y se acercó, paso a paso; no quería que saliera corriendo y se perdiera en las chinampas vecinas a esas horas de la noche. Esas islas, a las que podía llegar por un camino de piedras, estaban solas, y como él vivía muy retirado del centro de Xochimilco, le podía pasar algo, o peor aún, ahogarse en las aguas del canal que las rodeaban.

—¿Quién era esa niña? —se conmovió el patán.

Trasladó su mente al instante en que se aproximó a ella. Los vellos de sus brazos, de nuevo, se erizaron. Recordó el temblor de su cuerpo y el no saber por qué soltó un llanto imparable, como un recién nacido que es arrebatado de los brazos de su madre. Sin hacer muchos aspavientos, preguntó: "¿Cómo te llamas, pequeña?". No respondió. Con la voz quebrada, siguió cuestionándola: "¿Estás perdida?". Congestionada de pánico, murmuró con su vocecita: "¡Ayúdame por favor!". En ese momento, de la laguna salió la mujer sin ojos y le ordenó que le entregara a la creatura.

—¿Y qué hiciste, Julián? —interpeló Luisa, temiendo lo peor.

El agricultor se quitó el sombrero, sin ninguna fe, ojeó la imagen del sagrado corazón de Jesús, lo regresó sobre su sudada mollera, se santiguó y besó su sucio pulgar.

—¡Por Diosito santo que no se la di!

—No fue una respuesta muy inteligente de tu parte —aseguró la vieja.

Un violento escalofrío recorrió la espalda del hombrecillo y, de la sacudida, puso los ojos en blanco; echaba saliva por la boca como un toro sediento. Los otros tres retrocedieron de un brinco. El infeliz pudo recuperar las formas y la memoria.

—Agarré mi machete y le grité que se fuera de mi casa, que la chamaquita no se iría con ella, antes tendría que matarme.

—¡Otra mala decisión! —escupió la señora del paliacate.

—¡Fue una pésima decisión! Ese monstruo, en lugar de matarme, ¡me condenó!

—¿Cómo? —indagó la joven.

—Lueguito de mi tontería de enfrentarla, con un jorrible aullido, me desmayó.

—¿Y la niña?

La cara del pueblerino se había lavado un poco con lágrimas que aparecían como una cascada en medio de un frondoso bosque. Hablaba con pesar.

—Cuando desperté vi a la mujer sin ojos jaloneando a la escuincla. Se hundían en lo projundo del canal. Me levanté atarantado, como pude agarré mi machete y se lo aventé. Solo le atravesó el cuerpo y se perdió con la mocosa en las aguas de Xochimilco.

Gritó como loco por ayuda. Lo único que halló fue otro aullido en la noche que lo lanzó al suelo, con tanta fuerza y desprecio, como un pretoriano a Cristo en su dolorosa vía crucis. Lo raro es que amaneció en su cama.

—Entonces, ¿todo lo que nos acabas de contar fue un sueño? —se escuchó la voz de Albina.

—Eso creiba yo también. Imaginé que se me habían pasado las cucharadas con el pulque.

A la mañana siguiente, se despertó tratando de hacer su vida normal y olvidar lo sucedido. Se decía a sí mismo "nomás fue una pesadilla". Pero al momento de buscar su machete, no lo encontró.

—¿Y qué hiciste? —la muchachita quería saber más del embrollo.

—Pos cuando uno es pobre tiene que salir a buscar la papa, si no, no comemos.

No tuvo más remedio y se fue en su canoa a vender sus verduras.

El barbaján lo interrumpió, haciéndose el socarrón.

—¿Y te fuiste a echar tu pulmón como siempre?

—¡No! —respondió iracundo—. ¡Ese día no! No quería que se apareciera otra vez la Llorona. Me fui derechito a mi casa.

Esa noche, cuando regresaba a su hogar, cayó un aguacero como hacía años no pasaba. El diluvio dificultaba la vista de todo a su alrededor, solo apreciaba que las raíces que sostenían su chinampa estaban a nivel del agua. Era rarísimo. Tal vez la lluvia y su cólera hicieron flotar de más esas cepas. Algo que no distinguía sobrenadaba amarrado de ellas. Otro de sus miedos le regaló un espasmo al recordar la leyenda de las sirenas de Xochimilco, que atrapan a los secos de corazón para devorarlos bajo el agua. Buscó su machete. No lo llevaba consigo desde la mañana; sin embargo, no tenía otro lugar a donde ir. Todavía a una distancia considerable, notó lo que se tensaba en las raíces.

—¿Qué flotaba, Julián? —preguntó Luisa.

—¡Era la chamaquita que se había llevado la Llorona una noche antes!

—¿Estaba viva?

Trastabillando, se acercó al cuerpecito, que rebosaba hinchado de tanto tragar agua y veía hacia el fondo del canal. Quebró unas cuantas raíces y la volteó. Lo helado de la laguna le hizo sentir de cerca la muerte. Desamarró su cuerpo. Por más que la zangoloteaba, la pequeña no daba señales de vida. Desgarró su garganta, con reniegos y maldiciones, para que se apareciera la causante de la desgracia: "¡Eres una maldita!, ¿por qué siempre te llevas niños inocentes?". Todos en la chinampa lo veían con pena. Cayó de rodillas y su cabeza se venció ante el recuerdo. Reflexivo, temeroso e indefenso, levantó la vista.

—Tonses vi una de las imágenes más jorribles de mi perra vida.

Perdió el moreno de su piel y, como si hubiese sido atacado por un bromista que le lanzó un costal de harina, tiñó su cara con un pálido que desnudaba el horror que sentía. Esa expresión no lo dejaba hablar. Abofeteando al espanto, logró morder algunas frases.

—No sé cómo, pero, de repente, estaba dentro de mi jacalito con un bulto en los brazos.

Era pesado y tenía una manta de color negro encima. Quiso quitarle la tela que la cubría, mas una extraña fuerza lo mantenía absorto, únicamente podía mover la cabeza. Subió la mirada y vio a la mujer de ojeras sangrantes junto a un par de niñas sentadas en la mesa de su humilde comedor. Cada una en un extremo de la bestia. A la que estaba a su izquierda le mordía el dedo meñique de la mano diestra, incluso se le veía el hueso; la pobre lloriqueaba con amargura. Y con la lumbre de una vela que chorreaba lágrimas de cera, quemaba el ojo izquierdo de la otra pequeña. Acercaba la candela y cada que gritaba por el dolor, se la alejaba, regresando el tormento cuando los berridos de la nena se calmaban. Julián estaba congelado, sin poderlas socorrer. Para el alivio de las niñas, la desgraciada señora se levantó, maldijo al campesino y se fue. Su rápido movimiento creó una leve brisa que quitó el paño de lo que sostenía en sus brazos. ¡Era el cuerpo de la niñita muerta, pero con el rostro macabro de la mujer sin ojos! Le hablaba con una voz que le arrugó la hombría: "¡Ayúdame, por favor, me quiere robar!". Después de la súplica, la desfigurada cara desapareció, para mostrar la de la víctima. Las niñas que había atormentado en su misma mesa, al sentirse libres, salieron disparadas de su casa, no sin antes gritarle: "¡No hiciste nada por ayudarnos, eres un cobarde!". Intentaba moverse, no lo conseguía, ni siquiera hablar podía. De pronto, sus músculos tuvieron memoria y salió de su casa con la nena en los brazos. Bajo el aguacero, su voz regresó y soltó un furioso reclamo: "¿Por qué te metes con los niños? ¡Eres una disgraciada perra!".

—Esa fue lo más estúpido que pudiste hacer. —relució la franqueza de Albina.

—¿Qué fue lo que sucedió después de que tú...? —husmeó la chica.

—Apareció ella —habló resignado—. Se veía todavía más jorrorosa.

Verla salir de la profundidad del canal y caminar sobre el agua amenazante fue espeluznante. Estiró el brazo y, con ese simple movimiento, le arrebató a la niña de los suyos. La dejó en el piso y un montón de ratas que salieron de alrededor de su casa la cubrieron, se la comían, igual que un saco arrumbado lleno de calabazas podridas.

—¿Y qué hiciste? —reclamó Vicente.

—Pos, ¿qué podía hacer? ¡Dejé que se la tragaran! Solo sentí una gran tristeza en el corazón; pero no podía prenunciar nada, ni una méndiga palabra, a pesar de que quería aventarle todas las mentadas del mundo. Tonses ella sí habló.

—¿Qué te dijo? —intervino la chamaca.

—Por la cara que trae este pobre, no creo que fuera nada bueno —añadió la vieja de negro.

La mujer sin ojos lo tomó del gañote y lo levantó del suelo. Lo miró fijamente a los ojos y, con una voz que le puso los güevos en la garganta, le habló con fiereza: "¿Te crees muy valiente? Pues te tengo una mala noticia, desde ahora, tú serás mi ladrón de vidas. ¡Tú me traerás a los niños!". Con su cruel mandato, el corazón se le desangró y gritaba que no lo haría. Acostumbrada a que nadie se negara a sus caprichos, lo ahorcó con más rabia e hizo que se hincara. Cuando ya casi no podía respirar, gritó como si fuera el mismo Satanás: "¡No te estoy preguntando! Es la vida de los niños o la tuya".

—¿Y sacrificaste a los niñitos para seguir vivo? —lo avergonzó aún más la tía Albina.

—¡Me dio pavor! Fue un miedo que nunca sentí y que jamás olvidaré. Además, ella iba a seguir llevándose escuincles, eso no iba a cambiar.

—¿Y cuántos inocentes has entregado a las garras de la Llorona? ¿O ni siquiera eso sabes?

—¡Oh, no! Eso sí que lo sé bien, pus al perdonar mi vida y quitársela a los niños, terminó de chingarme con su maldición.

El adefesio con cabeza de maguey, que había acompañado toda su historia con mímica, dejó de lado la actuación y le ofreció una nueva jícara con pulque. El rostro del verdulero, que aparentaba estar forjado en hierro, antes de un último trago, se deformó de la misma manera que le sucedió al doctor Urrutia. Dio un incómodo resoplido y sorbió la bebida de los dioses, para agarrar fuerzas y reconocer aquello que tanto lo atormentaba. Se relamió por última vez el desmelenado bigote y soltó su más azaroso secreto.

—Cada que le llevaba un chamaco, ella me daba una muñeca, que tenía que amarrar en los árboles de mi chinampa. Así no olvidaría, nunca, el número de inocentes que le había entregado.

—Entonces, ¿tú eres él que vive en la isla de las muñecas? —se sorprendió Vicente.

—Vivía, morí hace más de veinte años. Hoy soy solo esto, un ser maldito. ¡Un demonio!

No solo la verdad se volcó sobre él, también lo hizo un ventarrón que abrió el segundo ataúd y se escuchó la orden de la dama sin ojos, acompañada de una risilla malvada.

—¡Llévenselo al carajo!

No tardaron en obedecer los asquerosos sirvientes. A punta de patadas y empujones, se llevaron al desharrapado a su caja. Antes de cerrarla, la de ojeras sangrantes, de una rama, descolgó a dos niñas que lucían sus lenguas amoratadas. Mientras caminaba hacia el féretro, jugaba con el órgano púrpura que les colgaba a las pequeñas. Las jalaba o se las mostraba a los amantes con irritante cinismo. Dio un par de giros, como bailando vals con los diminutos cadáveres. Una llevaba el dedo meñique de la mano izquierda mordido, y a la otra se le caía el ojo, como si fuera una muñeca vieja. Las besó, simulando ser una tierna madre y no una aberración. Quiso dárselas al campesino, que ya estaba acomodado en su última morada. No las aceptaba, pues desde que las desamarró del árbol, reconoció sus rostros. Eran las mismas que fueron torturadas dentro de su casa. Ante su negativa, la bestia sin ojos lanzó un rugido que hizo a todos, incluidos sus sirvientes, taparse los oídos, y al pobre de Julián no le quedó más remedio que tomarlas en sus sucias manos. El diablo vestido con ajuar de novia cerró el féretro y se sonrió; había terminado su tarea. Dio un gustoso aplauso y salieron miles de insectos que, como un huracán, sellaron el sarcófago. Tallaron en el frente una linda cara de muñeca y una calabaza.

Terminando su perverso acto, la asquerosa dama hundió sus podridas carnes en el agua, dejando su grito de dolor en medio de la oscuridad.

VIII

Lo Valioso está en el Interior

El grito que dejó la sin ojos en la chinampa hacía que la noche pareciera infinita. El pánico invadía a los amantes que, con sus cuerpos abrazados y temblorosos y los ojos bien cerrados, asemejaban el momento exacto cuando hicieron el amor por primera vez. En la chinampa se escuchaba su respiración agitada debido al terror que experimentaban. La tía Albina se mantenía callada, desesperada; trasteaba su bolsita. Logró encontrar eso que tanto hurgaba: unas monedas de oro y plata. El adonis, que no dejaba de observarla, exclamó al darse cuenta de lo que traía en las manos.

—¡Señora, no creo que ese dinero nos ayude en este momento!

—Una debe de estar preparada para cualquier cosa, mijo. Ya sabes lo que dicen: "Al que mal vive, su miedo le sigue".

—¡Ay, esta vieja y sus dichos! La verdad no entiendo nada. ¿Tú sí, Luisa?

Boquiabierta, ignoró la pregunta. Levantó su brazo temblando y apuntó a lo lejos. Algo se movía entre los árboles.

—Creo que ahí viene ese monstruo.

—¡Ay, estoy harto de tener miedo y de esa bestia! —reclamó Vicente.

Como si los gritos envalentonados del macho la hubieran llamado, salió de entre la oscuridad. Caminó con los huesos atrofiados, abalanzándose sobre él. Viéndola tan decidida, el corazón escapaba de su pecho e intentó huir. Todo fue inútil. En segundos, le dio alcance.

—¿Estás hablando de mí, malnacido?

Tartamudeaba al tenerla cara a cara. Riéndose de su temor, lo aventó a unos metros. La mujer diablo se arrejuntó a la chica. La pobre titiritaba sin querer abrir los ojos. De ellos, salían lágrimas como un río desbordado. Con uno de sus asquerosos dedos, tomó una de esas saladas gotas y se la llevó a la boca.

—Aún no están lo suficientemente amargas. Esto que cae de tus ojos solo es miedo, pero pronto este llanto sabrá a dolor.

No quería ni respirar para que se fuera de su lado. El que se arrastró por el suelo fue su hombre, quedando casi a sus pies, buscando su blandengue protección. Notando el movimiento, la señora maldita se arrojó sobre él.

—¡Sigues tú!

Lo sujetó fuerte de las piernas y lo arrastró, haciéndolo ver como un perro atropellado. Se atrevió a forcejear buscando escapar de sus garras, tiraba patadas al aire hasta que se soltó. Retozó para ponerse de pie. El miedo lo hacía resbalar, se levantaba y caía con facilidad, parecía un teporocho cerrando una noche de juerga. En una de tantas veces que patinó, chocó con una roca que le lastimó la mano. Fue tal el impacto que todas las venas del brazo se le detonaron, igual que las raíces de un árbol salen de la tierra cuando impactan con el mundo subterráneo.

—¡No me haga nada, se lo suplico!

Para asustarlo todavía más, se hincó y, como un perro salvaje, zigzagueando, rondaba al infeliz, y próxima a su rostro, susurró burlona.

—¿Tienes miedito?

Olvidó el suplicio que sufría su mano y meneó la cabeza afirmando. La señora embrujada gozaba de lo lindo con su cobardía. Lo acarició como a una fiel mascota, hundió sus repugnantes dedos en su cabellera, consolándolo.

—Estaba jugando. Aún queda mucha noche y tú no vas a morir.

El alma le regresó al cuerpo, una cohibida sonrisa se dibujó en su cara. El macho se estremeció cuando cacheteó su rostro con suavidad, lo hizo un par de veces, como para despabilarlo.

—¡Así es! Tú no vas a morir... todavía.

Desfallecido, bajó la testa y cerró el pico, no quería adelantar su muerte. Apreciando el respeto que mostraba, la mujer sin ojos lo dejó tranquilo. Después se arremangó el largor de su vestido, mostrando sus repulsivos pies con uñas negras y enterradas. Contraía y alargaba los dedos para sentir el suelo que pisaba.

—¡Ah, mi tierra! ¡La que nunca debieron pisar algunos! ¡Qué ganas tengo de vengarme, pero antes...!

Se aproximó a su criado de vestuario dorado y le ordenó algo en secreto. Vio de reojo a los sobrevivientes, que no eran más que tres asustados cervatillos.

—¿Quién es el siguiente? De tin marín, de do pingüé. Cúcara, Mácara, título fue.

Se arrojó sobre ellos. El trío le dio la espalda, ninguno soportaba ver su feo rostro. La muy ruin detuvo su carrera y aprovechó su pavor para hundirse en la laguna y hacerlos sufrir, un poco más, con su misterio. Al pasar los segundos, el mujeriego que se había abrazado a sí mismo, se levantó y tentó a su suerte con horror.

—¿Ya...? ¿Ya se fue?

—Creo que desapareció —respondió Luisa.

—Pero va a regresar —se resignó la vieja.

Vicente, con la seguridad de que su vida corría peligro, gritó desesperado:

—¡Claro que va a volver! La pregunta es... ¿Por quién?

—Sí, aún quedan dos lugares —aseguró su enamorada.

—Yo no he hecho nada.

—Todos, alguna vez, hicimos algo malo, si no, ¿por qué estamos aquí?

—Es tu culpa, seguramente tú...

—No tengo idea de qué hago aquí. Ni siquiera recuerdo cómo llegué al embarcadero.

—No se preocupen tanto, muchachos. Uno de esos lugares es para mí.

El rostro del barbaján se llenó de gozo.

—¿Cómo sabe eso, señora?

—Digamos que... No fui en vida una buena persona.

—¿En vida? —se sorprendió la muchachita—. ¿O sea que usted está...?

—¿Muerta? Claro.

Vicente estaba a dos segundos de abandonar su cordura y se carcajeaba incrédulo.

—¿Y cómo es que lo supo?

—Llámalo... intuición femenina —regresó el sarcasmo de la difunta.

—¿Por qué nunca dijo nada? —reprochó la joven.

—Con todo lo que ha pasado y han visto, supuse...

—¡Le preguntamos si sabía qué hacía aquí y dijo que no! —reclamó convertido en un ogro.

La vieja disfrutaba de la locura desatada por la noticia y reía con sus berrinches.

—¡Ay, los hombres! Siempre piensan lo que quieren, o lo que pueden entender.

—¿Qué? —inquirió ofendido—. ¿Qué clase de respuesta es esa? Es usted una mentirosa como todas las mujeres.

—Ustedes me preguntaron que si sabía qué hacía aquí, ¿no es cierto?

Ambos sacudieron la cabeza afirmando.

—No lo sé —se respondió a sí misma.

—Sin embargo, ¿sí sabe que está muerta? —dijo enfurecido.

—¡Eso sí lo sé! Pero no fue lo que me preguntaron, ¿o sí?

Se colocó frente al bribón como retándolo a golpes. La escuincla metió su cuerpo entre los dos.

—Bueno, está bien, eso ya no importa. Lo que interesa es saber qué hacer antes de que ese monstruo regrese.

—Tal vez la señora fantasma se puede ir volando de aquí, pero ¿nosotros?

—Tía Albina, ¿se le ocurre algo? ¿Usted puede volar? Si puede, sáquenos de aquí, no sea malita, antes de que...

—Ni puedo volar y mucho menos sacarlos de aquí.

—¿Es o no usted un fantasma? —se escuchó una nueva protesta del sinvergüenza.

—¡No funciona así! —se exaltó la anciana.

—Entonces, ¿cómo? —se impacientó la chica—. Porque los fantasmas vuelan.

—¡No soy un fantasma! Soy un alma en pena. No tengo poder alguno, de hecho, solo aparezco cuando ella quiere.

La muchacha abrazó a la mujer rogándole por socorro.

—No quiero acabar en una caja como don Aureliano y Julián, por favor, ayúdenos.

Removió los brazos de la rogona de su torso. Se arrimó al espacio donde estaban los féretros. Tomó aire, jaló toda la mucosidad que había en su interior y, de un escupitajo, expulsó la asquerosa flema. El deforme vestido de dorado que había estado pendiente de sus movimientos, como un fantástico malabarista, atrapó aquel gargajo, lo frotó y sacó una pequeña flama, con la cual prendió una de sus veladoras. La lucecilla iluminó el rostro de la difunta que miraba los ataúdes con recelo.

—Ese par de suertudos desgraciados ya está descansando en paz, mientras yo, aquí...

—¿Es la Llorona quien no la deja...? —habló el patán lleno de susto—. ¿O usted también es...?

—¡Yo soy Albina, hija de Tobías! Nativa del barrio de Tlacopa y soy un demonio de la Llorona.

—¡Lo sabía, vieja bruja! Ahora díganos, ¿qué fue lo que hizo? —remató grosero.

Cansada de su asedio, gritó ronca, como si algún espíritu maligno la estuviera poseyendo.

—¡Me vuelves a interrumpir, macho del carajo, y juro que...!

Se hizo chiquito ante el embate y se sentó a los pies de un árbol, al mismo tiempo que se sobaba la mano lastimada. Albina vio al mutante áureo, este asintió concediéndole un permiso que le había sido negado durante mucho tiempo. Jugando el papel de un hambriento tigre, la vieja del paliacate rodeaba a la trigueñita.

—Esta será una charla entre mujeres. Estoy harta de los hombres. Por eso lo que queda de mí está pudriéndose en el tiempo.

—¿Un antiguo amor?

—¿Amor? No, mi niña —se mofó—, ese sentimiento nunca lo conocí.

—¿Qué quiere dec...?

—Mi padre, Tobías —la paró en seco—, como casi todos los mexicanos después de la revolución, creció jodido, muerto de hambre y humillado por su pobreza. Él juró que nadie más lo trataría mal y trabajaba de sol a sol.

—Claro, para poder comer.

—Al principio era para comer. Conforme fue creciendo, se dio cuenta de que el dinero es poder.

Reconocía que los pecados de su padre no eran pocos y, como un maldito virus que busca otros cuerpos para esparcir su mal, la infectaron a ella también. Recordaba desde que era una tierna niñita que su papá, mientras más dinero tenía, más codiciaba. No intentaba ni por un segundo saciar su enferma avaricia, se regocijaba al llenar ollas con monedas de oro y plata. Lo malo fue que su alma se vaciaba hasta secarse. Con el tiempo, el tacaño pudo comprar unas tierras y se adueñó de algunas vacas y muchas chivas. Era muy buen ganadero y toda la carne la vendía a las mejores fincas de la Ciudad de México. El problema era que no gastaba en nada; su ambición era tal que soñaba con montañas de dinero.

—Su mamá, ¿qué decía?

—No recuerdo a mi madre. Parece que nací del cuerpo de mi padre. Él me educó como creía que se debía ver el mundo.

—¡Solo vales si tienes plata!

—¡Exacto! Cuánta pobreza había en su pensar. Yo misma creía esa estúpida idea.

Albina le dio la espalda a la charla y ahogó su vista en uno de los canales que rodeaban la chinampa. Luisa miró a su amado que permanecía sentado haciéndose el mudo. Con señas, le preguntaba cómo debía proceder. Él levantó los hombros varias veces y manoteó arriba de su cabeza, mostrándole su desinterés. No tuvo más remedio que acercarse a la amargada. Le iba a tocar el hombro cuando la doña desempolvó más recuerdos.

—Mi padre despreciaba a los vecinos, decía que eran unos indios cochinos, y que de ese chiquero no saldrían jamás.

Sus desplantes no dejaban de ser curiosos, pues él también ostentaba rasgos tan indígenas que en su juventud lo apodaban "el benemérito" por su gran parecido con el presidente Juárez. La gente en un principio lo quería mucho y los invitaban a sus chinampas a festejar cualquier cosa. En una de esas celebraciones, fue donde Albina conoció a Rubén.

—¿Quién era ese?

—¡Uy, Luisita! Un pelado precioso, así como... —volteó a ver a Vicente y después aseguró—, no, este no está feo, pero aquel era un hombre en toda la extensión de la palabra. ¡Y me habló, niña, te juro que me habló!

Siempre estuvo tan sola en los menesteres del amor que el tiempo carcomió y secó sus partes más sensibles. La chica quiso humedecer el recuerdo, vio que sus ojos se abarrotaron de emoción y siguió alimentando aquella ensoñación.

—¿Fue su novio?

—¡Ay, mija! ¿Cómo crees? Ya te dije que no conocí el amor. Lo que sí te puedo decir es que él me divisó. Me tiró una caída de ojos que me desbarató todita.

Ese vistazo despertó a la mujer que habitaba su cuerpo. Lo tenía tan presente que, aún difunta, la obsesionaba; era un revolver presto para disparar y con solo pestañearle, le lanzaba miles de perdigones que se impactaban en su corazón.

—Y ¿qué pasó con él?

Se derretía de ternura al recordar que Rubén le regaló su tamal; uno verde, el más suculento que probó. Le convidó una tacita de café de olla, calientito y dulce, tal como imaginaba sus labios.

—Entonces, ¿usted le gustaba?

—Nunca supe si únicamente fue amable o en realidad me veía con cariño.

—¿Por qué?

—Por mi padre.

Tobías, al descubrir el interés de Rubén por su hija, convirtió su rostro en una sucursal del infierno. La muerta revivía con amargura la amenaza de su padre: "Ni se te ocurra tragarte eso, es de ajolote". A la joven Albina no le importó su regaño. Alguien la había apreciado de un modo distinto y eso era lo único que importaba. Su papá notó que se hizo la sorda y la vio atascarse con extraña pasión la mitad del tamal. Furibundo, de un manotazo azotó el plato haciendo caer al piso el antojito. Luego, jalándole el antebrazo, le susurró que no se moviera, que regresaría enseguida. Sorprendió a Rubén, que compartía sonrisas a lo lejos con Albina. Lo agarró con tirria del cuello y lo sacó de la casa.

—¿Él qué hizo?

—Se espantó mucho. Conocía la fama de loco de mi padre.

—¿Usted no lo ayudó?

Estaba tan emocionada que parecía que le habían entregado un anillo de compromiso y no un miserable pedazo de masa. Levantó lo que quedaba del tamal y se lo devoró. No le importó que la gente la viera zampándose esa delicia, llena de amor y bondad, cubierta con un poco de tierra.

—¿Qué pasó después?

—Mi papá entró y me ordenó que me despidiera de todos.

Muy a su pesar y añorando los bellos ojos de su pretendiente, volvieron a casa. Su padre, en cuanto puso un pie dentro y atrancó con llave las cerraduras, le sorrajó una cachetada que le puso la mejilla más colorada que la grana y terminó la humillación: "Si te vuelvo a ver de güila, te juro que te mato a ti y al pendejo ese".

—Eso no acabó ahí, ¿o sí, doñita?

—Por supuesto que no.

Unos días después, Albina estaba limpiando el patio delantero de su chinampa. Un joven que navegaba en su canoa vendiendo flores se acercó y le entregó, con sigilo, una carta que guardó emocionada en la bolsa de su suéter. Su padre, dentro de la casa, exigió la comida con un grito. Entró tan rápido que se tropezó y cayó a los pies de Tobías, con tan mala suerte que la misiva se desparramó junto con ella. Su papá la levantó, leyó su contenido, la quemó y le puso una tunda de campeonato que la dejó en cama un par de días. Cuando se pudo parar, se enteró de que Rubén fue encontrado en una placita que no estaba lejos de su chinampa. Lo hallaron amarrado de pies y manos a una reja con un alambre de púas, con los pantalones abajo, sin pene y una madera incrustada en el ano. Entre tanta salvajada, le dejaron una nota clavada con un puñal en el pecho que decía: "¡Por puto!".

—¿Fue su papá quien lo hizo?

La señora sabía la verdad, resopló con dificultad, intentando que el aire expulsado se llevara su tristeza y cobardía. Despidió una melancólica mirada que la convirtió en la viva imagen de una virgen renacentista, levantó los hombros y se conformó.

—Nunca se lo pudieron comprobar. Por eso nos seguían invitando a fiestas y, en una de ellas, por el miedo que le tenía a mi padre, volví a guardar silencio con una de sus fregaderas.

—¿Por qué?

—Fue en uno de esos festejos que conocimos a una jovencita.

Venía del interior de la república. Le faltaba dinero para llegar a casa de una tía, quien vivía muy cerca del centro de la Ciudad de México. Su visita a la capital iba a ser permanente, quería estudiar para un día —y si Dios lo disponía— graduarse de abogada y así regresar a su pueblo para ayudar a los pobres que sufrían los robos de sus tierras por parte de los hacendados. Su padre notó la belleza colosal de la provinciana. Llevaba una preciosa blusa blanca y, con la luz adecuada, dejaba ver sus bronceados pezones; sus preciosos ojos cafés lo atraparon; añoraba peinar con sus rugosos dedos su cabello, igual de castaño y aromático como el cacao tostado. Repasaba la romántica escena en su mente y la culminaba con él arrancándole la blusa, imaginándose implacable, empotrado sobre la necesitada, en un acto de pecaminosa pasión. El muy jarioso cayó fulminado ante su hermosura. La trataba de consolar diciéndole que no se preocupara, que él la podía ayudar; aunque debía esperar hasta la mañana siguiente, pues donde guardaba el dinero era un lugar muy especial que ya estaba cerrado y era peligroso abrirlo tan noche. ¡Cosa que era mentira! Pero la desamparada se fue con ellos muy agradecida por su generosidad. Cuando llegaron, Tobías estampó en Albina una mirada dictatorial, como cuando de pequeña realizaba alguna travesura, y antes de que le diera una paliza, sus ojos se clavaban en ella, tan fulminantes que lo mejor era desaparecer de su vista. Entendió la señal, no respingó, se despidió de ambos y se fue a acostar. El cachondo le ofreció a la bella invitada su cama; él pasaría la noche en un sillón arrinconado en su recámara. Todo era tranquilidad durante la madrugada hasta que unos desentonados chillidos quebrantaron la calma. Albina salió galopando de su cuarto, buscando a la pobre víctima que berreaba. Ni sus luces de la chica ni de su viejo. Los alaridos, que antes eran delgados, ahora se vestían de gruesos quejidos. Se estrelló con la escena en el patio frente a la casa. Ahí, Tobías, desnudo, pataleaba como un bebé hambriento y ladraba con odio: "¡Esa perra me mordió el pito!".

—¿Era verdad?

—¡Puros cuentos, niña! ¡Salió disparada cuando mi papá intentó violarla y le dio un patadón en los güevos!

Se sobaba el miembro con ambas manos, cualquiera podría apostar a favor de lo que gritaba. Con la bulla, los vecinos madrugaron y lo encontraron chilloteando. Fue la burla del barrio durante mucho tiempo, cosa que jamás perdonó.

—¿Y luego?

—¡No hay reata que aguante tanto jalón! Con sus groserías y malos tratos, nos fueron dejando solos.

—¿Usted no se quejaba?

—No podía, apenas le decía que quería ir a dar una vuelta al centro de Xochimilco y me pegaba. Me gritaba: "¿Para qué quieres ir con esos indios?".

—¿De verdad no podía hacer nada?

—Nada. Solo lo complacía. Trabajábamos de sol a sol y nos llenábamos de plata, mucha plata, tanta, que la teníamos que esconder en las paredes de nuestra casa. Mi padre llamaba a eso "el engaño xochimilca".

—¿Y eso qué es?

Tobías le contaba que los indígenas, ante el yugo español, no podían venerar a sus dioses. Para mantenerlos vivos, dejaron un mensaje en todas las iglesias que los obligaron a construir encima de sus antiguos teocalis. La violencia española fue excesiva, a tal grado que también a las deidades de piedra les cercenaban las cabezas en señal de que esa religión maldita había muerto. Los nuevos creyentes tenían que olvidarla y adorar a su nuevo y único dios. Los obligaban a ir a misas en los templos recién levantados. Lo que nunca se imaginaron fue que los nativos idearon una pequeña trampa e incrustaron esas cabezas en las paredes de los santuarios, así, donde los conquistadores pensaban que solo había una cruz, yacía escondida una piedra sagrada para ellos.

—¿Pensaban que adoraban a Jesús cuando en realidad iban a visitar a sus dioses? —cuestionó Luisa.

—¡Exacto! —respondió la del paliacate.

Y su padre utilizó eso del "engaño xochimilca" para ocultar los montones de dinero que atesoraba en las paredes de su casa. Lo que no tenían era el respeto de la gente. En venganza, su viejo creó un estúpido ritual para demostrarles que a él no le hacía falta nada, mucho menos su consideración. De vez en vez, sacaban algunas de las ollas llenas de monedas de oro y plata al jardín para que se orearan y no se pudrieran. Cuando, en realidad, lo que se les gangrenaba era el alma. Ese ridículo culto lo hicieron por muchos años.

—Todavía lo escuchó con su soplador de palma: "¡Albina, échale aire con todas tus fuerzas, que el aroma del dinero les llegue a esos muertos de hambre!".

—Sí que estaba enfermo. ¿Y de verdad no gastaba en nada?

—En nada. Esa fue su perdición.

—¿Por qué? —preguntó Vicente, harto de no haber dicho una palabra en mucho tiempo.

La difunta no se incomodó, por el contrario, se le arrejuntó. El garañón se levantó de súbito, a los pocos pasos tropezó, cayendo con violencia al suelo, igual que un santo apedreado en una plaza pública. La doña disfrutó su torpeza, pero no lo violentó. Se agachó, tomándolo con cariño de la barbilla con una mano, y, con la otra, colocando su dedo índice delante sus labios, le pidió que se callara. Aprobó con una sutil sonrisa la orden y la muerta regresó a su relato.

—Un buen día, llegó una desesperada madre a nuestra chinampa. Yo, como era una costumbre, limpiaba el jardín de la casa.

Su voz se entrecortaba al recordar el encuentro. La mujer, estropeada de ropas y físico, le contaba que a su hijo lo atacó una rara enfermedad y que no le paraba la fiebre. Según los doctores, no tardaría mucho en estirar la pata, y que lo único que requería era una simple medicina para bajar los estragos de la calentura que lo tenía alucinando desde hace dos días. Su súplica no venía vacía, le propuso que, a cambio de su auxilio, podría trabajar para ganar el dinero que le faltaba: la irrisoria cantidad de dos mugrosos pesos. Tobías salió como tren de la casa, ordenándole que se largara, que de él no obtendría ni un solo centavo. Obedeció asustada y se fue de ahí; aunque le advirtió que pensara bien en sus acciones, pues la gente no respeta a las personas por lo que tienen, sino por lo valioso de su interior. Igual la echó a patadas. Le dijo que no volviera y le ordenó a su hija que corriera a cualquier mujer que llegara a la chinampa. Albina soportaba todas esas ojeadas con el pecho borboteando de coraje, pero nunca dijo nada para cambiar el rumbo de las cosas. Era por demás, su padre no iba a ayudar a nadie, pensaba que si la gente se moría por ser pobre, era por pendejos. El avaro emprendió la vuelta a su casa. En el camino, Albina le tocó el hombro en busca de algún resquicio de humanidad, la vio de reojo y gritó enfurecido: "¡No quiero volver a verla por aquí! ¿Entendiste?".

—¿Y ella volvió?

—Al día siguiente. Cuando me explicaba que su hijito había muerto y que no tenía ni un cinco para el entierro. Mi papá otra vez salió y la despachó.

La pobre mujer era un mar de lágrimas y, sosteniéndole la mirada, lo sentenció: "¡La gente no respeta a las personas por lo que tienen, sino por lo valioso de su interior!". Al verla irse con toda desesperanza, Albina sintió una tristeza abismal. A la distancia, la desahuciada volteó con sus profundos ojos negros que se clavaron en los suyos y gritó: "¡Lo valioso está en el interior!", y se perdió en la niebla. No pudo quitarse la voz de la penosa madre de su cabeza. Quería gritarle a su padre que no fuera tan hijo de la chingada, que le facilitara algo de dinero para que le dieran al niño cristiana sepultura, al fin de cuentas, para él era como quitarle un pelo a un gato. Nunca se atrevió, guardó sus sentimientos y se fue a acostar. Fue cuestión de acomodar la cabeza en la almohada y, como si alguien le diera un severo martillazo, se quedó profundamente dormida.

—Cuando desperté...

Tuvo que parar su narración, el poco aliento que le quedaba en el cuerpo se esfumó cuando apareció en la chinampa aquella madre necesitada de la que hablaba. Se le quedó viendo fijo a la vieja. Estaba inmóvil, con una honda melancolía; solo un leve llanto se escabullía de su adolorida mirada. Albina bajó la testa, mostrándole un profundo respeto. El rostro se le deformó, igual que al doctor Urrutia y Julián antes de confesar sus pecados. Se acercó a la escuincla y la tomó de los hombros.

—Cuando desperté, mi padre estaba acostado en su cama con el cuerpo abierto de un machetazo de la garganta hasta el vientre y yo le estaba llenando las entrañas con monedas de oro y plata.

¡Había partido a su viejo en dos! ¡Sus intestinos enredaban sus pies! Por más que luchaba, no podía dejar de meterle el mugroso dinero al cuerpo. Ya en la chinampa, levantó la mirada, señaló a la achacosa madre que recién se apareció, y esta le sonrió. Albina no le regresó el gesto y ya no bajó la mirada.

—Ella —no dejaba de apuntarla— estaba parada en una esquina de la cama.

La aparecida, como si se tomara un sorbo de cianuro, se desfiguró y gritó con una voz demoniaca: "¡Lo valioso está en el interior!". Segundos después, abandonó el disfraz de penosa madre y se transformó en la mujer sin ojos. Se carcajeó de manera diabólica, perdiéndose entre la arboleda, dejando el agudo sonido de su risa penetrando en el alma de la muerta, que se negaba a despertar de su letargo. Un rayo tronó fracturando la oscuridad de la noche. Albina volvió en sí, sintió sus manos llenas de sangre, igual que aquel terrible día. Goteaban sin parar y eran lamidas por los tres sirvientes de la señora maldita.

—Nunca le había contado esto a nadie.

Cuando no cabían más monedas en el cuerpo de su padre, desató los intestinos de sus pies y los amarró al torso del macheteado, para que no se desparramara el tesoro de su interior. Arrastró al muerto hasta el jardín de la casa, lo enterró, escupió sobre su lecho para, finalmente, entrar a su recámara y vestirse de luto. Algunos dicen que por su crimen le crecieron unos cuernos de diablo en la frente, que los serruchó, pero no del todo, y que por eso llevaba el paliacate bien amarrado en la cabeza, para esconder la vergüenza de su pecado. También aseguran que no soportaba verse al espejo y que se dedicó a la borrachera, tratando de ahogar el dolor por su pasado criminal. Muchos cuentan que solo guardó unas cuantas monedas y que gastó toda su fortuna en el vicio que la mató de una congestión alcohólica. La realidad es que nadie supo bien a bien qué pasó con Albina, que gritaba como loca en medio de la chinampa.

—¿Eso era lo que querías? Déjame ir por favor, ya no aguanto más este tormento.

En el aire nacieron los insoportables sollozos y, con ellos, regresó la mujer diablo haciéndole grotescas muecas a su sirviente dorado, este las comprendió al instante y tomó del brazo a la vieja, cuchicheándole su destino. Antes de partir, de su bolso sacó las monedas que guardaba junto con su bachita. La mujer sin ojos estiró ambas manos.

—¡Dame el estúpido dinero!

Entregó las monedas, como si con ello comprara el descanso eterno. El monstruo las recibió con asco. Al sentirlas frías y sin ningún valor real, de inmediato las tiró con indiferencia. El deforme dorado invitó a Albina a entrar al ataúd. Caminó parsimoniosa. Introdujo su cuerpo al féretro, la caja se cerró y fue sellada por miles de insectos que labraron en su tapa, con un brillante color dorado, una olla atiborrada de monedas y un machete. La de ojeras sangrantes se allegó al cajón, actuaba el doloso rezó de un rosario, poniendo su frente en la madera para, finalmente, murmurar su despedida.

—Adiós, niña vieja. Ahora todos saben que, ¡por más que llegas a tener, nada te has de llevar!

Concluyendo la lapidaria ceremonia, no desapareció en medio de la noche, como lo venía haciendo cada que se cerraba un ataúd. Tomó rumbo a los tórtolos, que se abrazaron aterrorizados. Deseaba estrellar todo su rencor sobre ellos; sin embargo, en uno de los canales que desembocaban en la laguna, una tranquila niebla se aproximaba como un hilo de humo color jade, imitando a una serpiente que se arrastra con perfecto sigilo. Con la humareda verde, los tres diabólicos sirvientes se refugiaron detrás de los árboles, como soldados desarmados en medio de una balacera; mientras que la dama que llora lágrimas de sangre gritó con un hondo dolor y se jaloneó la greña, en señal de que eso que se acercaba le era insoportable. Luego de su grito, quedó congelada, aun así, se veía espantosa. Con su quietud, Vicente pensó que la nubosidad les había salvado la vida.

—Por fin, vamos a despertar de esta pesadilla.

IX

LAS SERPIENTES
Y LOS COLIBRÍES

El alivio que sentían en el alma viendo congelada a la bestia se reflejaba en su rostro con una sonrisa. Entre esa quieta neblina color jade, navegaba el mismo remero desdentado que hace unas horas les había advertido que se largaran del embarcadero. Luisa torció la vista en dirección a los féretros.

—Todavía hay un ataúd vacío y nosotros...

—¡Cállate, babosa! Ni siquiera se te ocurra mencionarlo.

Su hombre buscaba hacer contacto con el que remaba manoteando. La jovencita no quería incomodarlo, pero los nervios la azuzaban.

—Ellos son tres —apuntó a los esclavos de la mujer sin ojos— y no han entrado a ningún ataúd, la verdad, no creo...

—¡Que te calles, estúpida!

—Solo piénsalo. De todos los que no sabíamos qué hacíamos aquí, quedamos tú y yo.

—¡En todo caso es para ti! ¿O tal vez para ella?

Apuntó a la de ojeras sangrantes, que seguía inerte. Entretanto, se aproximaba a la chinampa la canoa del huesudo. La embarcación viajaba sosegada, quizá por eso no le temían a su capitán, les provocaba algo de repugnancia, mas no miedo.

—¡Por favor, ayúdeme! —imploró el macho.

—¿Por qué he de hacerlo? —se cuestionó el triste navegante—. ¿Acaso no se los advertí?

—¡Por favor, no me deje aquí! ¡No sabía de lo que hablaba!

—No te puedo ayudar —contestó, mostrándoles cierto placer por su desgracia.

—¡Sí puede! —reprochó con un grito la muchacha—. Acérquese y nos subimos a su canoa.

El huesudo soltó una aguda carcajada, los miró con maldad y sostuvo:

—Si me acerco, quizá no les guste lo que puede pasar.

—Cualquier cosa es mejor que estar aquí —aseveró, casi llorando, el mujeriego—. ¡Se lo suplico, no me deje aquí!

—¡No sea malo, no nos abandone! —imploró la niña.

El remero miró al cielo, las estrellas todavía pululaban y parecía que le hablaban. Pronto, la noche terminaría e, igual que un mesías hablándole a un grupo de pecadores, volvió a prevenirles.

—¿No prefieren esperar a que les llegue un nuevo día? Ya falta poco para que salga el sol.

—¡No sabe por lo que he pasado! —se sinceró Vicente—. ¡Esto ha sido un infierno!

—Me pregunto, ¿cómo es que han podido caer en esta desgracia?

—¡No lo sé! Por su mamacita santa, ayúdeme. Ya no soporto más.

—¿Y tú, niña? ¿También quieres salir de allí?

Colgó la mirada en el huesudo y movió la cabeza afirmando. Su cuerpo se sentía distinto, algo se enraizó en su interior que no la dejaba estar. Entristeció de tal forma que no pudo detener la fuga de un par de lágrimas que se escaparon de sus ojos. Luego, escuchó lo que por alguna extraña razón ya sabía.

—Lo siento, no los puedo subir a mi canoa.

—¿Por qué no? —explotó el macho.

—Porque prefiero, un millón de veces, ser quien advierte que ella viene, a estar en esa chinampa endemoniada.

El galán montó todo su enojo en el remero y lo amenazaba sin contemplaciones. Con la gritadera, Luisa se despabiló. No reconocía a Vicente, sus ojos se saltaron y su piel se tiñó de rojo, era un eufórico diablo disparando todo tipo de improperios. Palmó con tiento su espalda para calmarlo. No funcionó, estaba intratable. La muchacha amasó todos sus encantos, buscando que, con su sensual argucia, su media naranja se tranquilizara. Ni la notó. Exploró su boca que, con tantas mentadas que lanzaba al aire, se había convertido en un doloso purgatorio. No le importó achicharrarse en su furia y trató de besarlo, buscando que sus carnosos labios pudieran contener su ira. El dulce remedio no tuvo ningún efecto y fue más un fastidio. Poseído por una belicosa demencia, vociferaba contra el remero, aseguraba que lo vería en el infierno y que acabaría con él de una patada en el culo. El humilde lanchero escuchaba a lo lejos y, cada vez que el mujeriego perdía la cabeza, soltaba una cínica sonrisa que hacía más desesperado el reclamo. Ni todo el argüende hizo que la dama que lloraba sangre despertara; sin embargo, sí movía los dedos, como cuando uno está dormido y el cerebro manda descargas eléctricas para que no nos enviciemos en los sueños. Observando el movimiento de las asquerosas manos, Luisa se hincó frente a su hombre y rogaba por su silencio. No quería que la sin ojos volviera a la carga. Enfurecido, mandó al carajo sus súplicas y siguió despotricando contra el balsero, que lo retaba con un descarado gesto de placer. La joven no concluía aún su ruego, cuando sintió en su rostro toda la rabiosa fuerza del puño de Vicente.

—¡Qué te calles el hocico, pendeja! ¡Tú eres la culpable de que esté aquí!

El certero golpe hizo que quedara tan descompuesta, como la penosa víctima de un feminicidio, a unos cuantos pasos de su agresor, que se había convertido en el monstruo más peligroso dentro de la chinampa. Atolondrada, como pudo se sentó. Palpó su labio inflamado, sintió un hilo de humedad, se tocó otra vez para asegurarse de que sangraba. Sus sentimientos eran nuevamente humillados y sus pensamientos la taladraban, pues era ella la que había dado todo por él, que no se veía ni tantito arrepentido, dejándole una cicatriz de por vida, no únicamente en la boca, sino también en su apachurrado corazón. Con la lengua, intentaba limpiar la sangre que escurría. Miró a Vicente que, parado frente a ella, con los puños bien cerrados y la actitud de un agresivo carcelero, se encontraba listo para propinarle una zurra de campeonato. Muy temerosa, se hincó con dificultad.

—Perdóname. Tienes razón, tú no deberías estar aquí.

—¿Crees qué no lo sé? —jadeó, sin mirarla siquiera.

El remero le advirtió con seriedad:

—A ella no le gusta nada lo que hombres como tú les hacen a las mujeres.

—¿De qué hablas, imbécil? —respondió envalentonado.

—De nada en particular, pero lo mejor para ti sería que no vuelvas a hacer eso.

—Créeme, ya nada me puede sorprender esta noche, he visto tanta mierda que...

La canoa al fin tocó la chinampa. La calaca con piel, al sentir tierra firme, se quitó el colguije que llevaba en el cuello, ese que tenía una cruz de donde colgaba crucificado el cuerpo de una mujer con cabeza de serpiente. La pareja notó que el talismán estaba hecho de huesos humanos.

—¿Estás seguro de lo que dices, campeón?

—Haz lo que quieras, me vale madre.

El remero bajó de su navío, se hincó, lo besó, lanzó una plegaria en náhuatl y dejó caer el fetiche al agua. Sintiendo la humedad, el amuleto explotó creando ondas expansivas en el fondo de la laguna, las cuales llegaron a los caminos de los cuatro canales que rodeaban la chinampa. Los rizos acuáticos no eran otra cosa que un llamado.

—¿Qué está pasando ahora? —se vio asolada la chamaca.

—No lo sé. Será mejor que te calles, idiota —la golpeteó con otra ofensa su hombre.

El remero descarnado, con una mueca de gusto, gritó hacia el cielo:

—¡Es tiempo de que la verdad sea mostrada!

Los enamorados siguieron su voz, desviando la mirada hacia el firmamento, esperaban que algo descendiera de las alturas. Las pocas estrellas que aún se veían no caminaron ni un milímetro. El agua que rodeaba la isla comenzó a moverse. Había pequeñas ondas en su superficie que se tornaron más violentas y, en un santiamén, hundieron la canoa en el fondo de la laguna. El escuálido remero les anunció:

—¡Ah, ya es hora! Fue un gusto conocerlos.

Con agilidad se tiró al agua donde, nadando tan rápido como un ajolote que huye de un pez que lo quiere devorar, lo perdieron de vista. De pronto, un enorme remolino nació en el corazón de la laguna. A cada segundo aumentaba su tamaño, parecía que iba a llegar al cielo. El fenómeno construyó una poderosa pared de agua color jade. Luisa aún le tenía pavor a Vicente; aunque, sin pensarlo mucho, se entregaría con más facilidad a su imagen que a la de Dios Padre. El macho olvidó sus desplantes y le ofreció su pecho para resguardarse, un poco por el pánico y otro tanto para no salir volando igual que un frágil papalote. El abusivo veía con atención aquel muro acuático que se acercaba a las estrellas, parecía que iba a apagarlas de un remojón. Cuando el agua rozó el cielo, comenzó a llover y se dispararon furiosos rayos, tan estridentes que los dejaban sordos. Fue uno de esos relámpagos el que despertó a la dama que vestía como antigua novia traicionada. Se veía terrorífica. El agua que empapaba su rostro hacía que la sangre seca de sus ojeras escurriera de manera grotesca, mientras sonreía y dejaba ver sus podridos y afilados dientes. Se movía con lentitud, arrastraba una de sus piernas, como un tullido que fue alcanzado por la ponzoña de un alacrán. Enclenque y todo, no detenía sus pasos; su destino era la pareja. Tal fue la aprensión de sentirse cazados, que el macho gritó con osadía:

—¡Ya estuvo bueno! —subió la guardia como si enfrentara una pelea de barrio y no a un espectro diabólico—. Si nos vas a matar, hazlo de una buena vez.

Su enamorada, también eufórica por la desesperación que vivía, reclamó al ánima:

—¿Qué es lo que quieres? ¿Por qué te gusta torturar así a la gente?

—Hay que tratar de escapar, así sea nuestra única salida, la de enfrentar a esa bestia —engallado, continuaba con su refriega.

Frente al desparpajo del macho, la de ojeras sangrantes se carcajeó como nunca se había escuchado durante toda la noche. Su gusto resonó en todo Xochimilco, obligando a más de uno a despertarse temblando por el espantoso ruido. A pesar de su atrevimiento, y contra todo pronóstico, no quería nada con Vicente. Ávida de seguir atormentando, miró con maldad a Luisa y ordenó a sus sirvientes que la atraparan. La captura se dio de inmediato. Gracias a que la víctima no se movía por el horror y porque el cabrón de su hombre la entregó. Tomó a la muchachita del cuello y gritó colmado de júbilo:

—¡Aquí tienes lo que buscas! ¡Déjame ir!

El diablo vestido de mujer sonrió con su traición. De una de las mangas de su sucia vestimenta sacó un cuchillo de obsidiana. El engendro militar cargó a Luisa, la pobre se desmayó. La acostó en una piedra grande y plana. En su martirio, el adefesio áureo le sostenía las piernas y el agave con patas agarraba sus brazos, actuaban con maestría la representación de un sacrificio prehispánico. La mujer sin ojos se acercó rengueando y movía su lengua renegrida saboreando el momento estelar de la noche. Llegó a la orilla de la gran roca y alzó ambos brazos, lista para abrirle el pecho. Con un movimiento de cabeza, ordenó al militar que rompiera las ropas y dejará su torso desnudo. Obedeció y terminó su infamia apretando con lujuria sus cremosos senos. Cuando la chamaca sintió la lija de sus manos que la ultrajaban, despertó en medio de un grito de pavor. Los malvados se pitorrearon de su desgracia. Vicente, acalambrado ante su perversidad, guardaba silencio.

—¿Y bien, galán...? ¿No vas a salvar a tu amor? —curioseó la de ojeras sangrantes.

—La verdad…, no. Sácale el corazón si es lo que quieres.

A la pobre Luisa su indiferencia le calcinó las entrañas. El monstruo jugueteaba con sus sentimientos y buscaba exponer, nuevamente, los de Vicente.

—¿No me vas a decir que este corazón no te pertenece?

La trigueñita lloraba con amargura y, con un gran esfuerzo, levantó su cabeza para verlo de frente y escuchar su respuesta.

—Tal vez, pero puedo encontrar otro en un abrir y cerrar de ojos. Mátala ya. Así se acaba esta pesadilla.

Esas palabras, que más parecían haberse escapado de la boca de un sicario que del que fue su amante, la aniquilaron. Pudo sentir cómo su corazón se desprendía de su pecho sin siquiera tener que ser arrancado por el monstruo que la amenazaba. Los sueños al lado de ese mequetrefe se evaporaron; sin embargo, no su obstinado amor por él. La mujer con el cuchillo en las manos se le acercó a la víctima.

—Ya lo ves, los hombres no han cambiado en siglos. Entrégame tu corazón, total, al lugar que vas, ya no lo necesitas.

Levantó el filo y el rostro rumbo al firmamento. Luisa clamaba por un milagro que la sacara de esa pesadilla. Vicente le dio la espalda. Sabía que era cuestión de segundos para que el sacrificio terminara y, con ello, también esa noche intoxicada de muerte. La joven gritó con tal horror que su alarido subió por el huracán color jade e hizo que la muralla de agua se desvaneciera. En un instante dejó de lloviznar y empezaron a caer del cielo miles de víboras de cascabel. Algunas se clavaron en la laguna y otras se desparramaban como pesado plomo en la chinampa. Las que estaban en el agua nadaban apresuradas buscando subir a tierra firme para reunirse con sus hermanas. La mujer sin ojos, junto con sus mayordomos, se escondió de los reptiles. Se les veía asustados con el estruendoso sonido que se escapaba de los cascabeles. Luisa se amarró la blusa, tratando de cubrirse el pecho. Vicente cayó en una total impaciencia, lloriqueaba abatido al ver que las serpientes se comían unas con otras; no obstante, no morían. Sus mordidas se escalonaban y formaban la silueta de una mujer. Las culebras concluyeron aquel sorprendente acto y el cuerpo se configuró. Cuando lo hizo, un montón de colibrís multicolores, que salieron desde los cuatro canales que rodeaban la chinampa, le dieron forma a la carne, que ya tenía piernas, brazos, senos, manos y dedos, lo único que faltaba era un rostro. Con rapidez, esculpieron una hermosa faz a picotazos. Primero, le formaron una respingada nariz, que estaba perforada por un hueso que ostentaba dos hermosas piedras de cada lado, una color rojo y otra color negro; después siguieron con las orejas, estaban horadadas por esmeraldas diminutas, donde regían los colores naranja y azul. Le hicieron la boca con labios carnosos color carmesí, mientras que su dentadura era más blanca que un lirio flotando en medio de la laguna; para terminar su trabajo, le cincelaron la parte media superior de la cara para crearle los ojos. Uno de los chupamirtos sacaba con esmero su lengua para formarle sus largas pestañas. La mujer abrió esos luceros, pestañeando de lo lindo. Eran muy bellos, iguales a los de un reptil, de color amarillento la esclerótica, y sus pupilas eran negras y alargadas; aunque, por alguna extraña razón, lloraban de tristeza. Su piel era brillante, cuando la tocaba la luz simulaba estar compuesta de escamas. Su pelo era negro y largo. Vestía toda de blanco, con un huipil. Sobre su indumentaria había caracoles vivos que subían y bajaban de su falda, haciéndolos parecer una greca prehispánica en movimiento. Las pequeñas aves multicolores que formaron su bella estampa se unieron concibiendo un diminuto ciclón encima de su cabeza, realizando un perfecto tocado. Con sus plumas llenas de vida, hacían del momento una especie de coronación. Como si la lava de un volcán las alcanzara y las hubiera cubierto con su ardiente magma; su vuelo se había vuelto piedra encima de su testa. Su inmovilidad esculpía el cuerpo de una serpiente que cubría la parte baja y media de la corona, en la parte superior se formaban un par de cabezas. Las testas se separaban y salían, por cada uno de los lados del tocado, encontrando sus miradas. Llegó el momento de que se postraran los últimos dos pajarillos; estos sacaron su lengua lo más larga que pudieron, al mismo tiempo que la mujer tomó dos gotas de su llanto. Subió los brazos y dejó caer sobre las lenguas el par de lágrimas. Al resbalarse sobre el pequeño miembro de las aves, las convirtió en lenguas bífidas.

Tal vez te preguntarás por qué sé tanto de esta extraña aparición... Es simple, porque esa mujer soy yo. La misma que te ha contado a detalle toda esta endemoniada historia.

Mi presencia en el lugar no fue fortuita. Llevaba años pendiente de lo que sucedía en mi tierra, pero nunca me entrometía en nada. Miré a mí alrededor y, en segundos, vi el resultado de cientos de malas decisiones. Se podía oler el miedo, sentir el odio, no había en el sitio ni un insignificante recoveco para la confianza, la esperanza o el amor. Ante tales sentimientos de amargura, no expresé una sola palabra, observé a la pareja que no comprendía lo que sucedía. Fui a la orilla de la chinampa y tomé un bulto que había flotado toda la noche sin que nadie le regalara una triste mirada. En el aire comenzó a escucharse el llanto de un niño que se confundía con el maullar de un gato. Aquella acongojada resonancia invadió con su agudeza el espacio. Sentí que lo que había en el bulto ya no tenía vida, y fue entonces que mi grito llenó de terror toda la Ciudad de México.

—¡Aaaaaaaaaaaay, mis hijos! ¡Mis pobres hijos! ¿Cuándo escucharán mis advertencias? ¿Cuándo escucharán a su madre?

Con el bulto escurriendo a mares, la mujer de ojeras sangrantes me miró desconfiada, intentó acercarse con tierna curiosidad, pensando que, quizá, sería uno de sus críos lo que tenía muerto entre mis brazos. Le pedí que contuviera sus pasos. Lo hizo y sus fieles sirvientes, que venían a su retaguardia, la imitaron. Seguí buscando en la chinampa al verdadero culpable de esa muerte que pudo evitarse. Mis ojos enfocaron a Vicente que, contrario a lo que creía, se atrevió a hablarme.

—¿Qui...? Qui...? ¿Quién diablos es usted?

—No el diablo, precisamente, si no ya empezaría el olor a azufre por doquier.

—Entonces, dígame... ¿Quién es usted?

—Soy aquella a la cual los antiguos pobladores de estas tierras le llamaban su madrecita.

—Eso la verdad no ayuda mucho, señora.

—Tú me conoces bien.

Su mirada se perdía en mis ojos tratando de encontrar la respuesta. Le recordé que era quien a medianoche, al sonar las campanadas de la catedral, hacía que en todas las casas de la Ciudad de México aseguraran las puertas con maderos para que no pasara ni el aire. También era la que ponía a latir los corazones impuros a mil por hora, lanzando un simple soplido al viento que engendraba un terrible miedo que recorría todos esos malditos cuerpos, hasta llegar a la nuca y erizar el cabello del más valiente. Era la misma que llevaba siglos en el paraíso, siendo mitad mujer, mitad serpiente y, al mismo tiempo, en su mundo, la hermosa madre que abría sus brazos para acoger a sus hijos en desgracia. Fui y siempre seré la madre tierra. También aquella que todo el tiempo buscó advertirles, y su penar nunca fue escuchado.

—Lo siento —habló con pánico—, no recuerdo quién es usted.

—¡Soy Cihuacóatl! Soy también Tonantzin. Soy... la Llorona.

El infeliz estaba a unos instantes de enloquecer; se rascaba ansioso la parte posterior de la cabeza.

—¿Qué? Si usted es la Llorona, entonces, ¿quién es ella?

El reclamo vino acompañado con el señalamiento a la bestia que los había atormentado toda la noche. El monstruo, considerando mi presencia, bajó la vista.

—Esta mujer lleva siglos extraviada. Buscando venganza por haber matado a sus hijos y, al no encontrar consuelo, quiere que otros vivan el terrible castigo que está sufriendo. Pero te lo aseguro, muchacho, ella, no es la Llorona.

Se transformó en un lunático al que solo le faltaba portar una camisola de fuerza.

—¡Hable claro! ¿Quién es ella?

—Ella tiene muchos nombres y ninguno.

—¡Ah, con una...! ¡Sigo sin entender lo que dice!

Traté de darle calma. En sus ojos desorbitados vi la necesidad de conocer la verdad.

—Ella se puede llamar Meztli, María, Marina o... Luisa.

La escuincla, que desde que aparecí estaba hincada rezando, interrumpió sus plegarias al escuchar su nombre. Toqué su hombro derecho, sus preciosos ojos negros, atestados de lágrimas, me voltearon a ver con amargura; no tuve más remedio que mostrarle lo inevitable.

—¿Reconoces esto? —la cuestioné, entregándole la mojada carga.

No se levantó. Sopesó el pequeño cuerpo.

—Sí. Es el gato que ahogué antes de que todo esto pasara.

—¿Estás segura?

Descubrió poco a poco la manta del difunto. Se dio cuenta de que en ella no había un micifuz, sino un bebé con los ojos saltones y la boca amoratada.

—Señora, ¿qué es esto?

—Toda la noche te la pasaste preguntando por qué estabas aquí. Ahí tienes la respuesta. ¡Tu hijo! Al que asesinaste por amor a este hombre del que solo has recibido maltrato.

—¿Está loca? —regresó la vista al nene—. ¡Yo no tengo hijos!

—¿No recuerdas nada? En verdad has caído en su maldición —apunté a la falsa Llorona.

—No entiendo.

—Ella vino a buscar a los que por alguna razón se transformaron en demonios dejando su humanidad de lado, por eso el doctor Urrutia, Julián y la tía Albina ya están en esas cajas.

Durante algunos segundos más, se tragó su amargo sentir.

—Te vino a buscar —de nuevo señalé al monstruo— por lo que hiciste.

Explotó en un desconsolado llanto, buscando no arrojar su alma a la desesperanza.

—¡Este bebé no es mío!

—Claro que es tuyo. No lo recuerdas porque son tus primeras horas penando.

Se levantó intranquila. Era tanta su congoja que su labio inferior temblaba y sus manos sacudían el pequeño cuerpo.

—¿Entonces, también estoy...?

—Sí, bien muerta.

Se le atragantaban las palabras en la garganta como si un asesino la estrangulara; el remordimiento no le permitía pronunciar ni jota. Enterarse de su muerte también la dejó atónita. El macho enunció tembloroso:

—Si ella está muerta, ¿yo...?

—No, muchacho, tú no —respondí segura.

—¿Entonces...?

—¿Qué es lo último que recuerdas antes de llegar aquí?

—Estaba abrazando a Luisa en el embarcadero y luego una densa niebla...

—Veo que, entre tanto espanto, aún mantienes un poco de lucidez. Eso que dices es cierto, nada más que ya no abrazabas su cuerpo, sino su alma.

—¡Cómo! ¿Eso es posible?

—La mente y el espíritu pueden llegar a ser uno mismo, tanto en la vida como en la muerte. ¿Has escuchado historias de gente que ve a sus seres queridos que ya están en otro plano?

—Claro, todo el mundo tiene una historia así entre sus anécdotas.

—Eso pasó esta noche. Esta pobre mujer —apunté a la trigueñita— ni en su propio infierno dejó de pensar en ti. Eso, y no otra cosa, fue lo que te trajo hasta aquí: su necedad, su obsesión, su malentendido amor.

Vicente se frotaba la cara con ambas manos, luego se cacheteó con fuerza, tratando de despertar a la razón.

—¡No puede ser! ¡Esto tiene que ser un mal sueño!

—¿Ah, sí? ¿Y cómo es que Luisa está muerta?

La chica regresó su atención a nuestra charla. Su cabeza negaba de forma rotunda la realidad.

—¿Cómo? ¿Cuándo?

—Unos instantes después de que ahogaras a tu hijo, te quitaste la vida.

—¡Eso es mentira! Lo único que hice fue matar un gato.

—¡Era tu hijo! —confirmé con severidad—. Algo que nunca comprendiste fue que el amor malentendido o te ciega o te hace ver las cosas de manera distinta.

Como una rotunda pecadora, se volvió a arrodillar dejando al tieso niñito en el suelo.

—¿Usted cree que si yo hubiera matado a mi hijo no lo recordaría?

—¿Sabes por qué las almas están en pena durante años? Al principio de su limbo sufren un gran vacío y no entienden nada. Después viene el momento de descubrir la atrocidad de su pecado y, al final, las sorprende el tiempo que se les otorga para que no lo olviden jamás.

—Todo eso que dice... no creo que...

—Cómo puedo ver volar del tiempo, sino en sueños y pesadillas, en amorosas remembranzas o crueles pecados. ¿Y cuál mayor pecado hay en este mundo que el de una madre asesinando a su hijo?

Las alusiones asesinas se agazapaban en los pasadizos de su memoria.

—No lo puedo creer —comenzó a llorar—. ¿Cuándo pasó? No puedo ser ese monstruo.

—Vicente —mis palabras se escucharon con eco— te amenazó con que no volvería a tu lado a menos que te deshicieras de esa cosita linda que besabas y abrazabas con tanta ternura que, con sonreír, llenaba tu vida de alegría.

—No lo recuerdo.

—Luego, cuando regresabas a tu casa, se apareció ella.

—Me parece haber hablado con alguien, pero no con...

—¡Era ella! Te dijo que un hombre como el que tenías no era fácil de olvidar. No lo pensaste mucho. Enloquecida, tomaste a tu hijo, fuiste al embarcadero y caíste en su trampa.

Su cabeza era un torbellino de agrias remembranzas que volaban en círculos y sin freno. Lo que salía de mis labios invocaba su calor de madre, del cual es difícil desprenderte, aunque un hombre trate de arrebatarlo a la mala. Se soltó a llorar cuando se dio cuenta de que a su inocencia le salieron alas y una daga le abría la piel mostrándole su infamia en carne viva. Todo en sus recuerdos la apuntaban como única culpable de esa villanía.

—¡Discúlpame, chiquito, por favor, perdóname!

Le hablaba al bebé con toda la ternura del mundo, buscando su perdón. La noticia le marchitó la piel y el alma, haciendo que su aspecto juvenil ya no lo fuera tanto. La dejé un momento en su desvergüenza, tal vez así encontraría la respuesta al galimatías que perforaba sus entrañas. Pero mi regreso no era para dar buenas noticias.

—Ya es muy tarde, te convertiste en un monstruo, como ella, cuando mató a sus hijos por aquel caballero español.

—¿Hay algo que pueda hacer? —hurgaba alguna esperanza.

—No, hijita, estos errores se pagan muy caros.

Como una bomba que explota y esparce muerte, así se derramó la locura por su mente.

—¡Usted sabía lo que pasaría! ¿Por qué me permitió hacerlo? ¿Por qué dejó que ella ahogará a esos pobres niños? ¿No es nuestra madre?

—¡Lo soy y me duele verlas sufrir! Pero les he advertido hasta perforarles los oídos con mis gritos de los peligros que se avecinan. Lo hice con mi pueblo cuando vinieron los conquistadores y ¿qué fue lo que hicieron? En lugar de enfrentarlos desde el inicio, dejaron que los sometieran y humillaran; cuando quisieron reaccionar fue muy tarde. ¡Así pasó con ella y también pasó contigo! Un hombre les dio a escoger entre él y sus hijos, ¡y ustedes lo escogieron a él! A cambio, ofrecieron la vida de sus hijos.

—¡Estábamos enamoradas! —clamó desesperada.

—¡Eso no es amor!

—¡Claro que sí! —afirmó capitaneando un disparatado galeón en un mar de lágrimas.

—No, mi niña. El amor verdadero genera una gran fricción en el alma, eso es cierto, a tal grado que, cuando es puro, no dudas de él ni un segundo; no obstante, la vida también está llena de falsas deidades. —Miré de reojo a Vicente—. Esos dioses espurios, llenos de odio, rencor y mentiras, se aprovechan de quien se los permite. Viven insaciables y no importa cuántos corazones les ofrezcan, siempre estarán hambrientos, no dejarán de ser codiciosos y querrán más sangre, más vidas, en las cuales puedan congratular su egoísmo, su codicia, su estupidez y, en este caso, su machismo. El amor verdadero puede doler; sin embargo, nunca a costa de tu integridad, y, mucho menos, de los más inocentes.

Señalé a su hijo muerto. Me miró con recelo, quería gritarme que ella sí sabía amar. Con el reto de su mirada, no tuve más opción que abrir más su herida.

—Encontrar el verdadero amor es una fortuna que no debe malgastarse jamás. Vivir en el falso idilio, pensando que se habita en el éxtasis, es una absurda necedad.

La escuincla no se calló y vinieron más rabietas.

—¡Usted pudo evitar todo esto!

—Y tú, ¿cuándo enfrentarás tus problemas? Esa forma de actuar es lo que tiene a esta pobre mujer penando desde hace siglos, repartiendo muerte, sufrimiento y venganza entre mis hijos, aquellos los más cobardes, los que buscaron una salida fácil, los que se quedaron callados, que son dominados y deshonrados por cualquiera, como este payaso.

—¿Yo? Yo no he hecho nada —se dispensó Vicente.

Harta de tanto descaro, sobre todo viniendo de alguien tan insignificante como él, lo acusé como lo haría un erudito abogado en un enredoso juicio.

—Tú eres, en esencia, la razón por lo que nadie escucha mis advertencias. Te crees un donjuán teniendo dos, tres o más mujeres, a las cuales enamoras, les haces hijos, luego las abandonas o, peor aún, las matas con tu terrible forma de ser.

—Será el sereno, pero ese ataúd no es para mí. ¡Es para Luisa!

—¿Y por esto sacrificaste a tu hijo? —le pregunté a la chica—. No quiero más odio o venganza por aquí, así que no penarás siglos como esta pobre mujer. En efecto, Vicente, ese féretro le pertenece a ella que, en un acto malentendido de amor, pensó que tú la complementabas, cuando no necesitaba de nadie para tener su vida completa. ¡Ella nació completa!

El barbaján, al escuchar mi sentencia, brincó de emoción, expresando su felicidad con altanería.

—Pues tal vez es hora de que me vaya despidiendo. ¡La muerta al hoyo y el vivo al gozo!

Con un dolor inmenso en el alma, regresé mi mirada a la mujer que había salido del fondo de la laguna a llenar de pánico la noche. Le ordené, con un simple pestañeo, que terminara lo que vino a hacer. Actuando como una desalmada jueza, esa novia abandonada cientos de años atrás, tomó de la mano a la trigueñita, que cargaba a su bebé, y la encaminó hasta su última morada. Luisa no dejaba de besar a su retoño, que no respondía a esas caricias. Con el rostro deformado por tanto llanto, me dijo exasperada:

—¡Debe haber algo que se pueda hacer! ¡Te entrego mi vida, pero salva la de mi hijo!

—¡No lo has entendido! No puedes ofrecer algo que ya no tienes. ¡Todo se lo diste a él!

Gritaba desesperada el nombre de Vicente buscando su ayuda. Él no movió ni un dedo. La mujer de ojeras sangrantes y sus tres engendros hacían un triste cortejo. Entre sollozos y quejidos, el ánima los introdujo a la última caja. Antes de cerrarla, la bestia le confesó en secreto:

—Créeme, es mejor así. Adiós, hermana.

Cerró el sarcófago con furia. El sonido del portazo llamó a cientos de insectos que, volando y arrastrándose, labraron con detalle la tapa del ataúd. Dibujaron un bebé tirado, pidiendo la ayuda de su madre, mientras esta le daba la espalda con su corazón en las manos, escurriendo gotas de sangre, entregándoselo... a nadie, a nada. Del interior de la caja se escuchó el último aliento de Luisa, dedicado a su único y verdadero amor.

—¡Perdóname, hijito!

Con esa súplica terminó la noche para la malquerida. El macho respiró tranquilo; sabía que todo estaba por culminar. Lo que no esperaba era que, viendo su gozo por la suerte de Luisa, la mujer diablo encolerizó y fue tras él.

—¡Señora, por favor, haga algo! ¡Deténgala!

No contesté a la primera. Dejé que sintiera un poco la soledad y desesperación que afectó tanto a la chamaca antes de su enclaustro eterno. Era una montaña de fobias que aullaba por socorro.

—¡Por la Virgencita de Guadalupe, alguien que se apiade de mí!

—Esto es algo que te tienes bien merecido —hablé viéndolo padecer.

—¡No, no puedo terminar así!

—¿Así cómo?

—Humillado, asesinado en este infierno, donde nadie encontrará mi cuerpo.

La de ojeras sangrantes continuaba su camino directo al sinvergüenza que, finalmente, se venció. Hincado, con los ojos cerrados y las manos entrelazadas, suplicaba en busca de ayuda divina. Muy cerca de él, resopló la bestia y Vicente pudo oler su fétido aliento. A pesar de la peste, no hizo ningún gesto. Con su rostro en quietud, la mujer diablo cayó en una confusión y se perdió en su atractivo, canjeando su ira por tranquilidad.

—¡Nuno! ¡Al fin regresaste!

—¿De qué habla este monstruo, señora? —preguntó acobardado.

—Solo busca a su antiguo amor —contesté con simpleza.

—¡Dígale que se equivoca!

—Díselo tú. Ahí la tienes de frente.

Abrió con temor el ojo derecho. Vio un rostro, pero no uno descompuesto. Era hermoso, de tez morena y tersa, una nariz tan chiquita y recta que rozaba la perfección, unos labios carnosos y rojos que se antojaba probarlos, esa delicia color carmín escondía una sonrisa llena de gracia, además, un par de esplendorosos ojos color miel. Se arrodilló ante él y sus finas manos tocaron su nuca, recostaron su cabeza a la suya hasta quedar frente con frente, pegadas. En ese momento, que ella había soñado en más de una centuria de años, no pudo callar sus sentimientos.

—¡Nuno, sabía que me amabas!

—Es que... yo...—balbuceó temblando.

—Nunca dudé que volverías por mí.

Su deliciosa bemba quería comerse con placer al galancete. Cualquiera juraría que se trataba del feliz reencuentro de dos enamorados que una tragedia alejó. Vicente quitó sus manos de su nuca y separó su frente de la suya.

—No soy a quien buscas. Nuno de Perdigón murió hace siglos y, me apena mucho confesarte esto, pero jamás volvió a acordarse de ti.

De la misma forma que la tierra da a luz a un volcán, iracunda, comenzó a temblar. La hermosa doncella que le hablaba con dulzura sufrió una violenta transformación. Su ternura y belleza se evaporaron, igual que el agua olvidada que fue puesta al fuego. Movía la cabeza de derecha a izquierda, se escuchaba el intenso tronar de su cuello; era como si el diablo que vivía dentro de ella quisiera apersonarse. Bajó la mollera y subió sus brazos, sus repugnantes manos miraron palmas arriba, sus dedos se atrofiaron como garras, sus uñas fueron afilados garfios. De tres zarpazos se arrancó el ajuar de novia que había sido el grillete que encadenaba su memoria a su desgracia, quedando desnuda por completo. La postal era nauseabunda. Su piel, casi traslúcida, estaba pegada a los huesos. Dio un poderoso grito al cielo y la sacudida de su cuerpo se detuvo. Inclinó la cabeza, vio sus pies con uñas negras y enterradas; poco a poco iba descubriendo que aquel que fuera un cuerpo hermoso se había tornado en un esperpento. Tocó sus piernas huesudas, llevó sus manos a sus nalgas secas; tentó su arrugado abdomen; desesperada, palpó su busto chupado. El recorrido la llevó a sentir su rostro desecado con angustia. La pobre mujer no entendía lo que pasaba, estaba despertando de un letargo de romance y odio que había durado siglos en busca de su antiguo amor. Finalmente, observó con cautela las palmas de sus manos, vio sus uñas afiladas y mugrientas; al asegurarse de que toda ella se había convertido en un monstruo, comenzó a rasgarse la piel. Cara, brazos, torso, culo y piernas quedaron arañados, como si un hambriento animal la hubiera atacado. Detuvo su furia, su respiración se tornó violenta. Se le botaron otra vez los ojos, dejándole los boquetes que la hacían verse horrenda; comenzó a llorar sangre sin que nada ni nadie calmaran su dolor. Luego suspiró y desató su locura carcajeándose, como cuando disfrutaba haciendo temblar de miedo a sus víctimas. Localizó a Vicente. Soltó un rugido ordenándoles a sus sirvientes que fueran tras el desgraciado que le había mostrado su asquerosa realidad. Obedientes, fueron tras él, que por más que intentó correr, fue capturado. Con su presa cautiva, la endemoniada mujer desnuda y rasguñada se dispuso a atacar. Primero se agazapó y mostró sus afilados dientes. Noté que el movimiento de sus hombros era un tanto juguetón, similar al de un felino a punto de embestir; dio un feroz bramido y salió disparada a asesinar al macho. Viendo a la bestia, a Vicente se le contrajeron las entrañas. La colisión de ambos cuerpos era inevitable. La terrible dama rugió feroz.

—¡Muere, maldito!

Se impulsó de un brinco buscando la yugular. Los sirvientes reían hasta las lágrimas; mientras, yo veía la escena como mudo testigo. El casanova experimentaba el sufrimiento de estar en medio de las llamas del infierno, pero su cuerpo era una paleta de hielo. Volteó la cara, esperanzado de que con un golpe certero muriera de inmediato. La salvaje encuerada brincó y atravesó su cuerpo cayendo a unos metros de su espalda. Ninguno creía en su suerte. La mujer sin ojos no entendía qué era lo que estaba pasando. Lo intentó de nuevo, teniendo el mismo ineficaz resultado. Desesperada, trataba de tocarlo con su dedo índice y no lo lograba. Harta de su incapacidad, tomó la pistola del militar y disparó a la cabeza de Vicente; el arma se atascó. Unos segundos después, la metió a la boca del miliciano y descargó un plomazo que le voló los sesos al soldado, y con su cráneo hecho añicos, toda su estampa se disolvió en el aire. No comprendía cómo fue que pudo lastimarlo y a Vicente no podía ni rozarlo. No cejó en su empeño e intentó cachetearlo; todo era en vano. Frustrada, fue sobre el humanoide con cabeza de maguey. La mujer diablo le pidió el conejo que traía colgado del cuello; no dudó ni un segundo y se lo entregó. Ya en sus manos, la encuerada le susurró al orejón algunas frases; el saltarín sonrió perverso. Lo puso en el suelo, salió corriendo, tratando de morder a Vicente y no lo logró, por más mordiscos que lanzaba al aire. El animal miró apenado a la sin ojos, que movió su cabeza ordenándole el siguiente paso. De un brinco llegó a la boca del agave y se introdujo a la fuerza en la asquerosa cavidad, que era demasiado pequeña para el tamaño de la liebre. Se fue atragantando con el cuerpo del saltarín hasta ahogarse. Cayó al suelo y su cuerpo alimentó la tierra. Con su partida, la horrorosa visión escupió su odio y fastidio en un aullido. Su furia le advirtió al esperpento dorado que no se detendría y le entregó un pomo de vidrio que contenía aceite y una de sus tantas velas de cebo con una potente flama. El monstruo quiso quemar al macho, pero no le hacía ni cosquillas. Desesperada, no tardó en bañar al criado que aún quedaba en la chinampa con el grasiento líquido y tiró a sus pies la vela encendida, derritiendo en oro a su último lacayo. La aberrante mujer, que había azotado durante siglos esta bendita tierra con su rencor y tristeza, estaba sola, desarmada y rota ante la falta de poder. Cayó de rodillas, derrotada de pies a cabeza.

Las últimas estrellas que pululaban bajaron en una lluvia tenue que caía en el agua que rodeaba la chinampa. Su chapuzón era momentáneo; de inmediato, salían a flote pequeñas balsas con una vela encendida sobre ellas. Un espectáculo extraño y hermoso. Con lamento, el viento comenzó a hablar. En su parloteo se escuchaban frases que pedían ayuda y se quebraban lacerantes llenas de desconsuelo: "¡Prefiero morir que seguir aguantando esto!", "¡Déjame, no seas cruel!". Otras venían atiborradas de culpa: "¡Perdóname, mamá, tenías razón!". Vicente, respirando tanta tristeza, se soltó a llorar.

—¿Qué está pasando, señora?

—Este lugar hace cientos de años era conocido como la laguna de los deseos —repliqué con candor.

—¡Pero eso que se escuchan no son deseos! Lo único que oigo son lamentos, gritos pidiendo ayuda. ¡Es gente que murió desesperada! —reclamó, limpiándose con su mano lastimada algunas lágrimas.

—Así es.

—Entonces, ¿por qué le llamaban así a este horroroso paraje?

—Tal vez eso te lo puede contestar ella —apunté a la sin ojos.

Permaneció muda ante mi acusación. Lloraba descompuesta, quizá el recuerdo de lo que hizo regresaba a su mente. Quería gritar sus macabros yerros y, aunque lo intentaba, la voz se le estancaba y pudría en la garganta como la mierda en una letrina. Curiosamente, su propósito de confesar era en vano. Al verla imposibilitada, tomé la palabra.

—Hace mucho tiempo, ella vino a esta misma laguna, la de los deseos. Lo hizo con el corazón ardiendo y la mente enajenada.

La acompañaban sus hijos, de uno y dos años. Llegó a la chinampa en una canoa arropada por el sigilo, no quería testigos. Amarró su balsa a la orilla, a un tronco, bajó a los inocentes, se arrodilló y tuvo la osadía de incluir mi nombre en su plegaria para que su inconcebible deseo fuera favorecido. El espectro, que se había mantenido con la voz apagada, canjeó el silencio por aquella oración.

—Cihuacóatl, querida madre, te entrego como ofrenda la vida de mis hijos. A cambio, deseo que don Nuno de Perdigón me ame por el resto de sus días.

Y sin miramiento alguno, al mayor de los pequeñines lo sujetó del pescuezo con tanta violencia que parecía que iba a desplumar una gallina; lo hundió con rapidez. El pobrecillo luchó unos segundos, pataleaba con fuerza, golpeando sus acojinados senos que no sentían dolor por los porrazos ante el anhelo de tener a su amor entre sus brazos. De imprevisto, el chamaco dejó de moverse. Para asegurarse que había perdido la vida, lo tomó de los pies y lo lanzó a unos tres metros de distancia. El cuerpo se sumergió hasta desaparecer. En el abandonado valle de su locura, al verlo zambullirse, soltó una leve carcajada que fue correspondida con la risita angelical del más chiquito. El nene iba cobijado por un ropón de lana que le había enviado Nuno con una sirvienta el día del nacimiento del escuincle. Perturbada, olfateó la prenda y en su razón apareció de inmediato la faz de su amado. Sacudió con ferocidad el trajecito hasta que el niño salió volando, estrellando su carita con el suelo. El llanto no tardó en aparecer. Lo levantó furiosa y lo puso de frente a sus ojos. El chiquitín buscaba el consuelo de su madre, lo único que encontró fue un escupitajo en el rostro que lo hizo gimotear con más ahínco. Con el ruidoso lamento taladrándole el alma, la despechada lo lanzó por los aires, corriendo la misma suerte de su hermanito. El bodoque ni siquiera luchó, se hundió perdiéndose en lo profundo de la laguna. Se trepó a su canoa y se marchó sin voltear atrás.

—¿Entonces, su leyenda es...? —cuestionó Vicente.

—Lo que bien sabes. Su deseo no fue escuchado. No le iba a otorgar ninguna virtud, luego de su delito. Así que, en venganza, se dedicó a atormentar a todos los que podía. Buscaba seres más débiles que ella y los empujaba a cometer acciones atroces para convertirlos en sus esclavos, en sus demonios.

—¿Y Luisa...?

—Solo un paso se tiene que dar para atravesar desnudo las llamas del infierno.

La mujer de ojeras sangrantes me miró, quiso hablar y, antes de que pudiera hacer cualquier pregunta, resignada, escuchó mi sentencia.

—¡Perdónate tú, nadie más pagará por lo que hiciste! Ni siquiera él —eché un reojo a Vicente—. Descansa en paz.

Al salir de mi boca estas palabras, los primeros rayos de sol horadaron un grupo de nubes, pegando en el suelo de la chinampa que se despedía de su terrorífica apariencia para lucir un primoroso verdor. Cuando la luz del día alcanzó su cuerpo, la dama, que vistió por siglos un roído vestido de novia y estaba desnuda con sus carnes arañadas, recuperó su tersa piel. Se reconfortó al observar sus manos recuperadas en tonos morenos y no blancas, que sus palmas se tornaron rosas y olvidaron su amarillenta apariencia; se tocó la cara, sus bellos ojos habían regresado para no irse nunca más. Levantó su mirada, me sonrió satisfecha. Con sus delicados pies emprendió su camino hacia el perdón, a una nueva oportunidad de paz, no buscando un amor, sino dos. Sus pasos la encaminaron a la laguna que cubrió sus rodillas. Dio un último vistazo al lugar que fue la guarida de sus fechorías. Ya no hubo lágrimas, sus ojos, que despertaban a la luz, me encontraron.

—Gracias —me concedió la suerte de su descanso.

De un clavado hundió su cuerpo, tratando de hallar a quien nunca tuvo que traicionar: sus hijos. Al ahogarse, del agua surgieron cientos de almas que apagaron las velas de los pequeños navíos que rodeaban la chinampa de los deseos. Esos espíritus eran liberados para hallar la paz y, por fin, reencontrarse con sus seres queridos que después de mucho tiempo tendrían noticias de ellos. La tierra maldita donde se encontraban los cuatro ataúdes se abrió de manera abrupta, dejando caer en un vacío el cuarteto de féretros. Por fin, los personajes dentro de las cajas, movidos por la corrupción, el miedo, la avaricia y el amor malentendido, tendrían el descanso eterno.

Sintiendo que todo volvía a la normalidad y que el mal se alejaba, el macho soltó una perturbada carcajada, e imitando a un gorila, se pegaba fuertes golpes en el pecho.

—¡Ya lo ve, abuela, en la vida, al final siempre resulta igual: se impone la ley del más fuerte!

¿Con quién diablos pensaba que estaba hablando? ¿De dónde sacaba tanta facultad para enfrentarme?

—Eres un imbécil malagradecido. Tu sentir de que nadie ni nada te importa debería ser borrado de la faz de la tierra. Creo que te voy...

—¿Me... me... va a matar? —me interrumpió lleno de pánico al ver mi rostro furibundo.

Me dio lástima el muy pendejo. Inhalaba con dificultad. Cuando recuperó el aliento gritaba asustado.

—¡Perdón, señora! ¡Perdón!

—¡Guarda silencio!

—¡Está bien, pero, por favor, no me mate! —suplicaba de rodillas.

Apareció por uno de los canales el viejo remero, lo hizo, olvidándose de su canoa. Comandaba una trajinera. El arco de su tradicional portada estaba lleno de color, con las flores más bellas que Vicente había visto. El nombre de la embarcación estaba hecho con rosas blancas y rojas y en su portada se podía leer

"Luisa". Recordó con cuánto ahínco la trigueñita le pedía como regalo de cumpleaños el capricho de ponerle esas letras a una trajinera. El lanchero encalló en la chinampa.

—Sube, muchacho —le ordené.

—Es que...

—A menos que te quieras quedar aquí otro día.

Trepó a la embarcación con más dudas que certezas. Apenas puso un pie sobre la lancha y el huesudo hundió su largo remo en la laguna, separando el navío de la chinampa maldita. Recorrimos algunos canales que Vicente nunca había visto. Navegamos entre chinampas llenas de bruma que ponían la piel chinita y los sentidos alertas. En algunas levantaron altares repletos de imágenes de Niños Dios, vestidos de todas las profesiones y oficios; vírgenes dolosas y santos martirizados. Otras tenían estatuas de la falsa Llorona. En las islas más aterradoras había miles de velas encendidas en el suelo y en las ramas de los árboles, dándoles el aspecto de un camposanto. Nunca se imaginó algo similar. Actuando como un asustado niñito que no reconoce nada al alejarse demasiado de su casa, preguntó con inocencia.

—¿Dónde estamos?

—¿Ves esas velas? Ellas piden por las almas traicionadas por el odio.

—¿Quién las prende? —interpeló miedoso.

—Nadie. Estas chinampas están deshabitadas hace siglos.

—No entiendo. ¿Dónde estamos?

Disfrutaba el misterio y la incertidumbre que le provocaba el sitio al macho. Disipé su duda.

—En la parte sagrada de Xochimilco.

—Nunca he oído hablar de ella.

—No tendrías por qué. Únicamente los puros de corazón llegan hasta acá. Aquellos que viven del engaño, del odio, de la traición, de la muerte, ni siquiera se imaginan esta paz.

—¿Paz? Si este lugar es espantoso.

—Alguna vez fue muy hermoso.

—Estoy algo confundido, pensé que yo...

—¿Te podrías ir de aquí tan fácilmente? No, mijito.

Con la pregunta, nos azotó una tormenta. Las gotas de lluvia caían tan fuertes que simulaban pequeñas rocas que golpeaban su rostro descompuesto, y no lo dejaban ver con certeza a su alrededor. Un vigoroso rayo cayó sobre el agua creando pequeños senderos de electricidad que iluminaron lo profundo del canal, dejando ver la silueta de cientos de serpientes que nadaban en círculos. El viento bufó haciendo danzar las ramas de los árboles que, como si tuvieran dedos, apuntaban al mujeriego.

—¡Es tiempo de cambiar la historia! —sentencié.

Con mi fallo, levantó el rostro y gritó desconsolado al cielo. Creía que todo había terminado. Comenzó a llorar y el ambiente se cubrió con un desesperante silencio. El vacío duró unas cuantas palpitaciones. Los cascabeles de las víboras que subían a la embarcación desde el agua, sonajeaban impetuosos. Los reptiles se arrastraban amenazantes hasta cercarlo. Se sentó fatigado en una de las sillas que había en la trajinera. Las culebras lo abrazaron al banco, enroscando sus escamosos cuerpos, inmovilizando el suyo.

—¡Déjeme en paz, señora, por favor! Soy muy poca cosa.

—De eso no tengo la menor duda. Pero hasta la sangre más nociva sirve para saciar la sed de una diosa. Ahora dime, ¿recuerdas a la mujer sin ojos?

—¿Cómo puede alguien olvidar a ese monstruo?

—Ella cargó durante siglos una gran culpa por sus actos, y quiero que sepas que no hay peor monstruo que el que no siente culpa ni remordimiento.

—Por favor, abuela, no me mate, deme otra oportunidad.

—¿Por qué habría de hacerlo? A pesar de la terrible experiencia que viviste, siento en mi pecho que no cambiaste en nada.

—Esta vez lo haré. ¡Lo juro!

—Reparar el alma es como afinar un instrumento; para que las notas salgan puras hay que hacerlo con el corazón.

—Solo dígame qué es lo que tengo que hacer y no fallaré de nuevo.

Con un chasquido de mis dedos, lo liberé del abrazo de las víboras que lo mantenían preso a la silla. Los reptiles zigzaguearon y se colocaron a mi espalda; eran un ejército listo para enfrentar cualquier batalla en cuanto su general diera la orden. Se arrodilló ante mí lloriqueando.

—¡Le juro que voy a cambiar!

—Solo hay una forma de saber que lo que me acabas de decir es verdad.

—Dígame qué es...

—Pon atención si quieres salvarte.

Se postró ante mi furia. Perdió el habla por un momento, aunque desde cualquier planeta se podía ver su desesperación por gritar por ayuda.

—Nunca había intercedido por mis hijos. Soy de la idea que cada uno de ellos se tiene que hacer responsable de sus actos. Solo así uno puede verlos partir tranquilos.

—¡Cihuacoatl, no olvide que también soy su hijo!

—Lo único que quiero es que te responsabilices de tus acciones.

—¿Cómo puedo hacerlo?

—Es simple. Si lo que dices es cierto y estás dispuesto a cambiar, al igual que la vez pasada, donde no era tu pecado y Luisa te arrastró hasta el suyo, esto nada más será un mal sueño y despertarás en tu cama. Te juro que nunca volverás a vivir algo así, ni sabrás de mí.

Se puso de pie dispuesto a enfrentar su destino.

—¿Qué debo hacer?

—Colócate al final de la trajinera, híncate frente a las aguas sagradas de Xochimilco, míralas cara a cara y repite la frase: "Esta es mi alma y ser, hagan con ella lo que deba ser".

—Luego, ¿qué sucederá?

—Ya lo veremos.

Respiró hondo. Era evidente que el pavor habitaba su cuerpo. Dio media vuelta y se enfiló al extremo del navío. Se detuvo a unos cuantos pasos de que terminara el piso de madera. Sacó de su bolsillo trasero la imagen de la Virgen de Guadalupe, la besó y suplicó que lo ayudará. Guardó la estampilla, no sin antes santiguarse con ella y darle una última muestra de cariño con sus labios. Exhaló con fuerza y lentitud. Se hincó frente al agua con la mirada clausurada. Apareció sudor en sus sienes. Una vez instalado, sus ojos dejaron pasar la luz y vio su reflejo en el espejo acuático. Miró su bien parecido semblante, ese que le había conseguido la atención de cientos de mujeres que caían rendidas con sus fantasías. Como en una pesadilla, su cara se deformó y vio a un demonio. No lo soportó y manoteó en el agua para borrar de golpe tan horrorosa imagen. Percibí su molestia.

—¿Sucede algo?

—¿No hay otra manera de hacer esto?

—¡No! O es esto o...

—¡Está bien! —interrumpió aterrado—. Aquí voy, y que sea lo que Dios quiera.

Regresó su temerosa jeta a la vidriera que le brindaba el agua. Para su fortuna, no hubo cambio alguno en su fisonomía. Se relajó y dijo la frase tal y como se lo pedí.

—¡Esta es mi alma y ser, hagan con ella lo que deba ser!

Un silencio sepulcral reinó el espacio y el momento. Lo cristalino del agua se coloreó esmeralda. La tormenta se detuvo, el viento no exhalaba y los rayos solares nos saludaron con esplendor. Las serpientes en mi retaguardia inclinaron sus cabezas y se hundieron en el agua. Todo volvía a la normalidad. El macho mantenía los ojos cerrados esperando lo peor. Al percatarse que el aire no soplaba, la lluvia no mojaba y los relámpagos se durmieron, abrió lento y con desconfianza un ojo, se cercioró que no sucediera nada y dio luz al otro. Respiró profundo, volteó su cuerpo en dirección a mí, seguía recostado en la trajinera, el alivio que lo arropó se montó en su dicha.

—¿Eso es todo? ¿Estoy a salvo?

Sonreí. Me devolvió el gesto con agrado. Se sintió seguro, lanzó a la mierda el miedo que no lo dejaba respirar, se puso de pie e irguió el pecho. Fue ahí cuando mi tierno aspecto de abuela me abandonó y me abalancé sobre él, mostrándole mi rostro más horrendo. El que colgaba del cuello del viejo remero, el cuerpo de una mujer con cabeza de serpiente. Me monté en él.

—¡Nunca escuchas lo que otros dicen, solo importas tú!

—Pero hice todo lo que me pidió, ¿o no?

—¿Recuerdas mis palabras?

—Me dijo que si no era culpable nunca más tendría pesadillas, no volvería a saber de usted y despertaría en mi cama. Ahora déjeme ir.

Con su exigencia, le enseñé mis venenosos colmillos que babeaban deseosos por borrarle la cara. Sonreí, acercándome poco a poco a su oído, y susurré:

—¿Y ya estás en tu camita?

Clavé mis puntiagudos dientes en el cuello de ese petulante. Mi ponzoña recorrió todo su cuerpo. Al hacerlo, experimentó el dolor más terrible que alguien pueda sentir. Sus venas se llenaron con mi veneno hasta llegar a su podrido corazón, el cual no aguantó el castigo y explotó, matándolo al instante. Lo arrojé a las aguas de Xochimilco, donde, luego de ser devorado por las serpientes, se perdió para siempre. Todavía me pregunto si debí hacerlo sufrir un poco más. No me arrepiento de haber vuelto a la tierra, mucho menos de entrometerme en esta trágica historia, debía inclinar la balanza hacia los buenos sentimientos y el amor verdadero. No quería saber más de traición y odio; aunque debo decirte que fue la última vez que intervine para ahogar el mal. De ahora en adelante, están solos. Lo único que les pido a todos ustedes, mis hijos, es que enfrenten sus miedos, combatan al abusivo y nunca dejen de escuchar las advertencias, ¡nunca dejen de escuchar a su madre!

BIOGRAFÍA

Muhamad Pujol (Ciudad de México, 1977). Licenciado en Ciencias de la Comunicación por la Universidad del Valle de México. Es escritor, dramaturgo y guionista. Ha escrito una novela: *Mi amigo el Loco* (2022), un libro de cuentos: *Grunge Love* (2023) y es co-creador de los sitios web www.mexicolindoyquerido.com.mx y www.saboramexico.com.mx, los cuales han sido visitados por más de ochenta millones de internautas. También fue conductor del programa televisivo *México Lindo y Querido, y tú... ¿Sabes llegar?*, que se transmitió por televisión de cable, vía el canal México Explorer, en varios países de América Latina y algunos estados de la Unión Americana y la República Mexicana. Su obra teatral, *Los demonios de la Llorona*, en el año 2019, fue vista por más de siete mil personas en tan solo cinco días, y este recuerdo es el detonante para escribir su nueva novela basada en esa puesta en escena.

ÍNDICE

Made in the USA
Columbia, SC
19 August 2024

40152922R00088